女王陛下のアルバイト探偵
女王陛下的
打工偵探
大澤在昌
王蘊潔

005 東京假期
059 照亮殺手
119 前有毒箭，後有炸彈
179 跑單幫客南行
235 密林追蹤
289 紅色女神
337 解說／結合時勢與純愛的冷硬派長篇／蕭浩生

目錄

東京假期

女王陛下的打工偵探

1

夏天的結束就是地獄生活的開始。

距離考大學只剩下半年時間，我卻完全沒有心理準備。每年一到這時候，我就讀的都立中等程度高中的高三班，就會壁壘分明地分成兩派。

一派是殺氣騰騰的力拚一次考取組。

另一派是自暴自棄的等待重考組。

一次考取組整天在家教、補習班、衝刺班之間往返；等待重考組則忙著把妹、打麻將、玩小鋼珠，盡情享受人生。兩派人馬各有一番說詞。

「那些輕言放棄的人，一輩子只能淪為別人的墊腳石。我們是吃得苦中苦，方為人上人，等著瞧吧，明年考上大學，就有把不完的妹。」

「人生可沒這麼簡單，重考生活是人生中最好的經驗，還可以豐富心靈，增加人格的深度。」

找我討論未來出路的班導也充分了解這一點。

「冴木隆，你想報考什麼學校？」

「嗯，我想考包括早稻田和慶應在內的六所大學，至於另一所靠納稅人血汗錢在經營的大學，因為我沒繳稅，去念可能會良心不安，差不多就這樣啦……」

「好，我知道了，那你把重考班的簡章好好看一下。下一位——」

就這樣，導師三言兩語就把我打發掉了。

即使我走狗屎運考進大學，我家的經濟狀況有沒有辦法支付學費才是最大的問題。忘了介紹，老爸冴木涼介的職業是私家偵探。事務所位於廣尾明治屋後方的聖特雷沙公寓二樓，有一塊霓虹燈亮閃閃的手寫字招牌。

SAIKI INVESTIGATION

有時候一些看不懂「investigation」的蠢蛋會闖進來，以為是有氧舞蹈教室或健身中心。

一樓是「麻呂宇」咖啡店，這家咖啡店的媽媽桑正是這棟位在超級精華地段的聖特雷沙公寓的房東。我們家的房租可以有錢再付，房東絕不催繳（而且一拖就是四年），當然這都是承蒙熱中冷硬派推理的媽媽桑圭子的額外照顧。

「麻呂宇」還有一位酒保星野吸血鬼伯爵，他身上流著白俄羅斯人的血液。這個沉默寡言的大叔酷得與克里斯多佛・李（最近連深夜電影也看不到他，恐怕只能租錄影帶了，反正就是一個過氣演員。）好像同一個模子刻出來似的。附近某知名女子大學還成立了伯爵的後援會，聽說那些驚悚片女影迷大排長龍，紛紛渴望與伯爵發生一夜情。

那天，既擠不進力拼一次考取組，也不屬於灰心等待重考組的我，在地鐵廣尾站和大家道別後，下午四點十分左右坐在「麻呂宇」的吧檯前。

店裡只有幾桌「正在喝咖啡」的女大生（只要看到這些女大生，便狠狠地摧毀了我的上進心。她們難道除了討論化妝、玩樂和男友以外，就沒有其他事可做了嗎？）不見涼介老爸的身影。

「阿隆，回來啦。班導跟你討論報考學校的情況怎麼樣？」

媽媽桑坐在吧檯前，正與足足比她小二十歲的女孩子討論秋季的皮膚保養，突然轉頭問我。

「一律沒問題，老師說我可以報考前三志願。不過，看他的表情，好像覺得把報名費存到銀行更實在。」

「別急。」

那當然。這番話出自實際證明即使四十好幾，衣著品味仍能與原宿竹下通的少女較量的媽媽桑之口，當然有足夠的說服力。

「老爸呢？在樓上嗎？」

為我調了一杯維也納咖啡放在吧檯上的星野先生搖了搖頭。

「真是夠了，我還想找他商量，不知他為了愛子存了多少私房錢呢。」

我嘆了一口氣，從書包裡拿出七星淡菸。班上正流行戒菸，力拼一次考取組為了實現夢想開始修身養性。受到這種棄菸運動的影響，我的高中生活甚至沒辦法安安靜靜地抽根菸。

回想起來，從我懂事開始，老爸就從來沒對我說過「不許做什麼什麼」之類的話，更何況他自己三天兩頭換工作。

他先是當過一陣子的「商社職員」，之後又當過「石油商人」、「自由撰稿人」和「跑單幫客」。

最後，甚至變成了「諜報員」。諜報員，感覺好像是從希區考克的黑白電影中蹦出來的字眼。

說白了，我猜他根本就是見不得光的人。而且，他似乎和公權力扯上一點關係，所以有時候會接到內閣調查室或其他公家單位的零星差事。

公權力居然要委託缺乏工作意願、責任感以及進取心，而且缺乏愛國心的涼介老爸幫忙，可見得公權力也搞不出什麼名堂。

等一下。我和「行動公權力」的內閣調查室副室長島津先生也算是有幾面之緣，如果拜託島津先生，搞不好可以幫我斡旋一下，從後門擠進東京大學。

如果有人以為這種想法是異想天開、痴人說夢，那就是徹頭徹尾的外行人。我在老爸手下當過一陣子打工偵探，親眼目睹這世上有太多光怪陸離、希奇古怪的事。

頭等怪事，就是曾經讓老爸欲罷不能的「跑單幫客」——間諜的世界。對他們來說，在幹活兒的時候，死人或洩密根本不像大家所想像得那麼嚴重，而是像銀行之間的借貸，加加減減，只要不虧本就好。雖然旁人會覺得很可怕，不過，在那個世界相當稀鬆平常。

好主意。

我彈了一個響指，越想越覺得這個點子不錯。我們冴木偵探事務所對公權力的貢獻無數，說得誇張一點，甚至為世界和平奉獻了不少心力。姑且不論老爸，不，阿隆我比老爸的貢獻更大。國家對我這種不畏苦不怕死的無私奉獻表示一點謝意也不足為奇。而且，我要的不是金錢，更不是特權，只是讓一個「窮學生」能「免試入學」。

幸好，島津先生是個通情達理的人。上次老爸被以前認識的毒梟追殺時，他曾經動用國家預算，送我十箱七星淡菸和十打沒慮樂。

日本的大學制度建立在「窄門」的基礎上，只要能擠進大學，混到畢業並不難（照理說是這麼回事啦）。

阿隆我也情不自禁地想像一下自己穿著銀杏標誌（註）制服的模樣，忍不住眉開眼笑了起來。

「怎麼會有這麼噁心的表情？難道被宣告沒有一所大學你能考得上，所以腦袋秀斗了嗎？」

突然傳來老爸的聲音。他穿著褪色的polo衫和舊棉質長褲，光腳穿著帆船鞋在我對面坐了下來，也不打一聲招呼，就順手拿走一根菸。

俗話說，一種米養百種人，天底下也只有他這種私家偵探會偷拿高中生兒子的菸。

「隨你怎麼說，你我很快就會在日本社會的金字塔中分住不同的世界。」

「那當然，一旦變成重考生，你連身分都沒了。對社會來說，根本就是廢物。」

「NONONO，你是被支配階級，我是支配階級。」

「星野先生，你是不是給他吃了什麼怪東西？」

老爸搖頭。

「我只給他喝了維也納咖啡，該不會是牛奶出了問題？」

星野先生一本正經地說道。

「不跟你廢話了，最近有見過島津先生嗎？」

我問道。老爸一臉錯愕。

「我剛才在麻將館接到他的電話，約在這裡碰面，他馬上就來了。」

不愧是公權力，就連這種三流偵探的下落也掌握得一清二楚。不過，老爸沒工作時，除了麻將館、小鋼珠店和跑馬場以外，沒有其他地方可去。

「贏了嗎？」

「手氣正旺，準備在最後半圈大撈一票呢。」

「所以還是贏了。」

我伸出右手。老爸隻手伸進長褲口袋裡說：

「你覺得留著當你的補習報名費怎麼樣？」

「不勞您費心了，我還沒好命到靠父母讀補習班或私立大學。」

老爸似乎需要花一點時間才能讓這句話進入腦子。當他聽懂之後，表情有點驚訝地看著我。

「你……該不會把到東大校長的孫女吧？」

不出三十分鐘，聖特雷沙公寓前停了一輛配有行動電話的銀灰色皇冠，島津先生和

註：東京大學的校徽。

其中一名體形很壯碩的下屬下了車。司機和另一個人在車上留守，負責公寓四周的警戒工作。

島津先生一如往常穿著很有品味的深色西裝，下屬也可圈可點。島津先生每次帶來的人馬都不一樣，但個個體形魁梧。

他要求下屬站在事務所門口，自己則坐在破舊的客用沙發上。老爸坐在捲門書桌前，雙腳蹺在桌上。我正打算像往常一樣走進自己房間，卻被島津先生阻止。

「這件事也要請阿隆幫忙，你不必用對講機偷聽了，就坐這兒吧。」

我看了老爸一眼，他正事不關己地拔鼻毛。

「看今天陪你來的人數，就知道內調並沒有人手不足的問題，反正又是公務員不能碰的事吧。」

「也不是什麼骯髒工作。」島津先生說道。

「是喔！自從詹姆士．龐德愛用假髮之後，我就沒聽過情報員做過什麼乾淨的工作。」

老爸和島津先生曾經並肩作戰，現在仍然合作無間，老爸只要一逮到機會就會虧他幾句，搞不好只是在發洩當年搶女人搶輸的憤怒。

「你對萊依爾這個國家了解多少？」

島津先生不理會老爸，自顧自地問道。老爸沒有馬上回答，看著我。

「喂，考生。」

我聳了聳肩。

「不好意思，我選讀的是日本史。」

「你打算靠社會科裡的一科念國立大學嗎？真受不了，我來回答吧。」

「鼓掌鼓掌。」我說道。

「萊依爾是東南亞印尼北方的小島國，人口約四百萬，是一個君主制國家。目前的國王是查莫德三世，雖然在政治上保持中立，但國內政權並不穩定。這個國家和東南亞其他國家一樣，共產游擊隊的活動十分猖獗，還有眾所周知的宗教對立問題。經濟以出產天然氣和鐵礦石、鑽石為主，比起其他國家，貧富差距的問題並不嚴重。」

老爸說完，點了根寶馬菸。

「沒錯，還有一點，查莫德三世的第二王妃是日本人，聽說是日本一家貿易公司為了籠絡國王硬塞給他的。」

「就這樣？」

老爸聽了島津先生的問題，點點頭。

「差不多這樣。」

「好，那我來補充。查莫德三世今年七十四歲，幾個月前得了癌症，據說活不過半年。這麼一來，王位繼承就成了一個大問題。查莫德三世目前有五個王妃……」

「那真是地獄。」老爸嘀咕道。

「第三王妃和第五王妃沒有生小孩，只有第一、第二和第四王妃總共生了五個女兒。都是女兒，沒有兒子。」

「哇——」

「當然，國王會從這幾位公主中挑選繼承人，成為女王並統治萊依爾國。萊依爾的國民很愛戴查莫德三世，但換成女王以後的情況就不得而知了。再加上還有共產游擊隊和你剛才說的宗教問題。萊依爾目前除了伊斯蘭教、佛教、印度教以外，還有萊依爾自古以來的卡瑪爾教。卡瑪爾教一度是大規模的宗教，全國有一半民眾都是信徒，但受到查莫德三世之前的國王鎮壓，規模大幅度縮小。」

「為什麼要鎮壓？」老爸問道。

「密教色彩太濃厚了，而且還有僧兵，對執政者的政權造成了威脅。」

「是嗎？」

「後來，卡瑪爾教就把大本營轉移到叢林深處，展開祕密活動。所以，真實情況沒有人了解。聽說，萊依爾內閣成員中，有好幾個都是卡瑪爾教的信徒。這些人很可能利用國王查莫德三世辭世的機會，展開意想不到的行動。」

「對日關係呢？」

島津先生回答了我的問題。

「這一點很重要。查莫德三世實施完全中立政策，至今為止，既不偏向西方，也不偏向東方，所以，即使貿易公司提供各種資源，暗中較勁，也往往不得其門而入。一旦查莫德三世去世，這種平衡就會崩解。首先，掌握內閣的總統卡旺是親美、日派，但與皇室的關係並不理想，甚至可以說他希望查莫德三世早點死。共產勢力也是一個很大的問題。目前主要的共產勢力有萊依爾解放戰線RLF，民眾中也有不少支持者。RLF的最高領袖是一個名叫努姆的男人，很年輕，相當有領導魅力。」

「所以，目前政局處於一觸即發的狀態。」

「對，我們認為查莫德三世死後，由誰掌握政權，對今後的外交和經濟關係都會造成很大的影響。」

「對日本來說，希望那個總統掌握實權嗎？」

「這是政府內部的真心話。」

島津先生承認。

「萊依爾和冴木偵探事務所有什麼關係？」

「查莫德三世和第二王妃華子所生的女兒——第二公主美央——要來日本參觀留學的學校，打算住四天。」

「留學？」

「美央公主十七歲，和阿隆同年，她打算在日本的大學念書。」

「那我知道了。」老爸一臉無趣地回應。

「由於她父親臥病在床，所以，她來日本時，日本官方不會隆重歡迎。」

「這只是場面話吧。」

「沒錯。第二王妃和卡旺總統的關係水火不容，歡迎第二王妃的女兒會引起卡旺的不滿。」

「日本政府為了在查莫德三世死後，改善對日關係，所以假裝不知情吧？」

「就是這麼回事。因此，無法由政府出面戒備和護衛。」

「那些大人物的想法還是老樣子。」老爸極盡嘲諷地說：「這位十七歲公主來自不知何時會發生內亂的國家，官方不可能派警官保護她。而且，由於那個國家目前處於非常時期，遭到恐怖分子攻擊的機率也相當高。」

「不是相當高，」島津先生似乎聽不懂老爸的諷刺，「是有人要美央公主的命。」

2

「……」

大家沉默了好一會兒，老爸終於語帶調侃地問：「誰要她的命？」

「如果知道，我就不必這麼大費周章了。」

島津先生說著，斜眼瞪了老爸一眼。

「想一下就知道了，三位王妃生的五位公主之一將繼承萊依爾國王的寶座，每個公主都有母親大人撐腰，背後還有各種勢力的支持。有閣員，也有和國王有血緣關係的其他貴族。只要有一位公主翹辮子，自己支持的公主登上女王寶座的機率就提高了。」

「目前還沒決定由誰繼承王位嗎？」我問道。

「還沒，必須等查莫德三世死後公布遺囑才能決定。」

「到時候恐怕會鬧得天翻地覆。」

老爸收起雙腿說道。

「既然公主低調來訪，護衛也不多，殺手沒有理由不趁這個機會下手。」

「說得對。但我們國家也不能坐視一名十七歲少女白白送命。」

「島津，這是你的想法吧？政府高層應該有人希望美央公主消失，藉以取悅卡旺吧！」

島津先生不敢正視老爸。

「即使真有其事，我也不會袖手旁觀。我要避免這場暗殺。」

「所以，要我們去保護公主嗎？」

「不能動用政府相關人士，因為我擔心消息走漏。我在民間沒有其他管道方可以求助。」

老爸不以為然地搖搖頭，然後看著我。

「阿隆，怎麼辦？你要當保護公主殿下的白馬王子嗎？」

我無法拒絕島津先生的委託。雖然風險很高，但為了閃亮的銀杏標誌，這可是千載難逢的好機會。

「我接。」

我若無其事地回答。老爸挑著濃眉，以狐疑的眼神看著我。

「事情不單純喔。」

我笑了笑。島津先生滿不在乎地清了清嗓子。

「當然，除了正當的委託費以外，如果還有其他幫得上忙的地方，我會盡力而為。阿隆？」

阿隆的高中生活可沒有這麼天真，怎麼可能輕易讓計畫曝光？

「那就當作事成之後的獎金吧？島津先生，等我順利完成任務以後，我們再來談這件事。」

看到我嘻皮笑臉的樣子，島津先生的臉上掠過一絲不安，但隨即又認為反正我不可能要求他把內閣調查室的年度預算拿給我花用，所以很快便點頭答應了。

「好，如果冴木沒有意見，這件事就這麼說定了。」

老爸看著天花板，吐了一口煙。

「如果拒絕你，讓一名十七歲少女橫屍街頭，我恐怕也會睡不安穩吧。」

聽他在那裡鬼扯。就算他兒子命在旦夕，他也不會眨一下眼睛。

「拜託了。」

島津先生很嚴肅地低頭拜託。

「好，那就試試吧。不過，即使事後阿隆向你獅子大開口，也跟我無關喔。」

「我知道。」

島津先生吸了一口氣答道。

「總共有三名隨行成員；兩名保鑣，一名家教。」

「一定是個戴眼鏡的老小姐。」

「猜對了，她是英國牛津大學畢業的女士，專門教授公主淑女的禮儀。當心她說不屑和乞丐小鬼打交道，把你攆走。」

三天後的傍晚，我和老爸出現在成田機場的入境大廳，戴著墨鏡，嚼著口香糖，等候公主一行人駕到。

「跟對方談妥了嗎？」

「已經交代大使和那位女士，但不知道有沒有通知公主本人。」

「萬一她看到我就說『退下』，怎麼辦？」

老爸聳聳肩。他蓄鬍，戴墨鏡，穿著一套舊的棉質西裝配針織領帶，怎麼看都不像精明幹練的探員，倒像是落魄的皮條客。即使別人這麼認為，我也無意抗議。當然，問題在於公主殿下知不知道有皮條客這一行。

老爸叫我戴墨鏡。我抗議說，父子一起戴墨鏡簡直就像蠢蛋。

「關鍵在於不能讓別人察覺你的視線，敵人不知道會從哪個方向出現。一旦被識破視線動向，對方就會從我們疏忽的死角下手。那些做地下工作的人喜歡戴墨鏡，並不是因為有人發給他們當作制式配備。」

結果，就因為墨鏡的關係，讓我們超級引人注目。我雖然有高中生的模樣，穿T恤、牛仔褲，外加一件飛行夾克，但入境大廳裡的紳士淑女看到我們這對年齡懸殊的墨鏡二人組，無不對我們皺眉。

老爸嚼著口香糖繼續高談闊論。

「聽好了，等他們出關以後，我先靠近，你注意觀察周圍有沒有行跡可疑的人。尤其要留意帶相機的人。對方即使不在這裡出擊，也有可能想拍下保鏢的照片。你看到我拿下墨鏡，就出去把車子開過來。」

「收到！」

大廳內有四個看起來像是大使館派來的人正心神不寧地望著海關出口。我們已經事先調查過他們是搭兩輛車過來的，似乎已經對媒體發出了封口令，所以並沒有看到類似媒體記者的人出現。

「來了。」

老爸輕聲嘀咕了一句，從我身邊走開了。

玻璃自動門打開了，一行人跟著一名深色西裝男子出現了。兩個穿深色西裝的男人分別走在前後，中間是一個高壯的白種婦女和一個嬌小的女孩。白種婦女身穿五分褲和獵裝式外套，很像以前的冒險家。女孩穿著無袖T恤和短褲，腰間綁了一件運動上衣。她有一雙圓眼，頭髮梳綁成馬尾辮。我只瞄到這些，因為馬上得開始留意入境大廳裡的其他人。

四個接機的人圍了上去，說著我聽不懂的話。老爸跟在他們身後，靠了過去。我忙碌地在自動門不斷吐出的人潮和接機的人身上來回掃視。

大人帶著小孩、情侶、中年夫婦、大叔和年輕小姐，又是大人帶著小孩……

我環視大廳一圈，將目光停留在第一對情侶身上。他們要接的人似乎還沒出現，不過他們好像不在意自動門的動靜。

男人戴著墨鏡，右手拿著紙杯；女人背對著我，正仰頭看著牆上的告示牌。

兩人都短髮，個子高䠷，女人揹著一個看起來沉甸甸的黑色皮包。裡面似乎可以輕鬆放進一、兩把機關槍。

那女人轉過頭來。一身古銅色肌膚，一雙黑色大眼睛，她不是日本人。我不禁緊張了起來。女人不知道對男人嘀咕什麼，還伸手拉開皮包的拉鍊。

我看向那一行人。那幾個笨頭笨腦的大使館館員還在滔滔不絕地向公主和她的隨從表示歡迎之意。

老爸瞥了我一眼，我拿下墨鏡。這個動作代表危險信號，他察覺到我的視線。

老爸靈活地移動腳步。女人把手伸進皮包。

老爸伸手搭在喋喋不休的館員肩上，對方還不明就裡地回頭看他。

女人從皮包裡拿出一個奇妙的盒子，並將盒子拿至胸前。那東西好像照相機，但沒有鏡頭。

老爸朝館員咬耳朵，他們倆的身體擋著女人和公主。

剛才那個男人不見了，我驚訝地在大廳內尋找。此時，大廳內響起「砰」的一聲巨響，所有人都看向那個方向。一名中年男子推著裝滿土產的推車，撞到另一輛推車便跌倒了。

我再度看向那女人的方向。女人離開了剛才的位置，我看到她走出入境大廳玻璃門的背影。

不知道是不是我的心理作用。當我將視線移回那一行人時，發現老爸好像扶著那個大使館館員。對方倒在老爸身上，瞪大了眼睛，吐著舌頭。

中計了。

老爸拿下墨鏡。

我衝出去，跳上停在計程車招呼站旁那輛引擎已發動的休旅車，快速倒車停在大廳出入口。

隨即看到公主一行人在保鑣的護衛下慌慌張張地從大廳衝出來。老爸把公主推進大使館的派車，向保鑣交代了幾句，立刻跑了過來。我把駕駛座讓給他。

「我看到了。」

公主他們的車發動了，老爸也開著休旅車跟上去，我對他說道。

「我也看到了，我不認識那些人，那是一種吹箭。」

「那女的拿著一個好像盒子的東西。」

「那是利用壓縮空氣吹箭，剛好射中我旁邊那個大使代理的背部。箭頭好像塗了神經毒劑。」

「那個男的先引開眾人的注意力，由女的下手。」

「對，雖然招數很簡單，但手法很俐落。」

「我沒機會跟公主打招呼。」

公主他們坐的President一上高速公路，就一路狂飆起來。可能是保鑣在催促吧。

「別擔心，有的是時間。」

「怎麼回事？」

「現在知道大使館內神通外鬼，所以，公主住宿的地方臨時改變了。」

他們原本打算住在大使館裡的大使官邸。

「住哪裡？」

「我熟的飯店。」

「哪裡？」

「還有哪裡？當然是『西麻布』飯店。」

「當真？」

我大叫了起來。「西麻布」飯店雖然號稱商務旅館，但其實是把妹小鬼專用的愛情賓館。

「冴木先生，感謝你的努力，你的機智救了公主，但……，這裡到底是什麼地方？」

那個高壯的白人女家教自我介紹說是席琴太太——用英語質問老爸。

夜幕降臨後，距離聖特雷沙公寓五分鐘路程的這家「西麻布」飯店亮起了粉紅色霓虹燈，「**休息五千圓、住宿一萬圓起**」的招牌閃爍著。即使看不懂日文，只要看到車子紛紛停在一樓停車場，情侶摟摟抱抱地搭電梯上樓的身影，就知道這家飯店很可疑。

人高馬大、神情嚴肅的席琴太太是個六十過半的老太太，一看就知道是個很嚴肅的家教。她梳著髮髻，嘴巴抿成一條線的模樣，似乎很適合與「麻呂宇」的星野吸血鬼伯爵一起出現在特蘭西瓦尼亞（Transylvania）的古堡裡。

「冴木先生，這裡不是正常人該來的地方。」

坐在寬敞的雙人床上冷眼旁觀的美央公主竊笑了起來。她太可愛了，總覺得叫她公主殿下怪怪的。這是我的感想。她和我同年，也是十七歲，但臉上還充滿了稚氣，雖然稱不上是美女，但舉止優雅，比起那些蘿莉女（註）強多了。

她的一雙杏眼散發出知性的光芒。家教果然很重要，阿隆我感觸良多。

兩名保鑣並沒有加入他們的討論，沉默地站在門旁和窗邊。兩人的體格都十分壯碩，看起來像是嚴肅的軍人，似乎願意為了公主犧牲生命，在所不惜。

「如果妳討厭這家飯店，也可以離開這裡，但我不建議你們去大使館。在日本，除了我們以外，只有一個人知道你們今天的班機。那個人擔心你們的安危，僱用我們來保護你們，當然不可能把消息透露給別人。所以，最大的問題就是誰向殺手透露你們抵達的班機。」

「我知道。現在，在萊依爾誰都不能信，不過，應該還有其他飯店吧。」

「當然有，而且，也有客房服務完善、不允許衣衫不整的人進出的一流飯店，不過，殺手會最先鎖定這種地方。不管是穿燕尾服，還是禮服，不管是不是坐加長禮車出現，殺手就是殺手。而且，那種飯店出入分子複雜，很難一一確認。」

「這裡呢？」

「首先，這裡絕不允許兩個男人一起進出。我們現在可以進來，是因為這裡的老闆是我朋友。」

老爸也不好意思說所謂的朋友其實是牌搭子吧。

「其次，這裡沒有窗戶。不必擔心被外面的人看到，也不用擔心遭到狙擊。」

「明明有窗戶！」

席琴太太尖叫了起來，嘰哩呱啦地命令站在窗邊的保鑣，保鑣拉開了窗簾。

席琴太太頓時脹紅了臉。她以為是窗戶，原來是一面照得到整張床的鏡子。

「第三，既然我們要當保鑣，就必須住在你們隨時聯絡得到的地方。這家飯店離我家走路只要五分鐘。」

「但公主不適合住在這種地方，這裡充滿了淫蕩的氣息！」

「正合我意！」老爸靜靜地說道，「誰想得到公主會住在這種不正經的飯店。當然，如果你們想要受到列隊歡迎或貴賓級的待遇，你們可以馬上聯絡大使館，但我們恕不奉陪。你們要做好隨時被狙擊的心理準備。」

註：刻意扮成十幾歲少女的藝人，外表看似發育尚未完全的小女孩。

「這……」

「席琴太太。」

公主第一次開了口。她抱著雙膝，坐在床上。

「我覺得住在這裡很好，因為父王的關係，我現在不能太享受。況且，我們又不是受邀來訪。」

「但是，公主……」

「既然公主都說好，那還有什麼問題，反正又不會有人吃了她……」

我用日語嘀咕著。如果這個老太婆一直這麼囉嗦，接下來的保鑣工作會很辛苦。

美央再度竊笑了起來。

「別跟她計較，她心地很善良。」

她居然用日語回答我。

我目瞪口呆地看著她。

「妳會說日語!?」

「這是我媽的母語。」

「恕我失禮。」

她看起來跟日本人差不多，但我做夢都沒想到她會說日語。

「呃……，幸會……我叫冴木隆。」

「你好，我叫美央。」

美央嫣然一笑。

「我和國王或貴族之類的向來沒什麼往來，所以還請多多包涵。」

在她面前不能用平時跟那些太妹和飆車姊姊說話的語氣吧。

「你也是高中生？」

「沒當偵探的時候姑且算是啦！」

「你真有趣。」

「大家都說我是老實人。」

美央捧腹大笑，她的生活似乎缺乏幽默感。

「我對東京的高中生很有興趣，大家平時都過著怎樣的生活？」

「這方面可能不值得參考。」

「為什麼？」

「因為大家都說我太老實，老實得整個人都硬邦邦的。」

「真的嗎？」

「對，偶爾啦，一年差不多硬一次。」

美央笑得花枝亂顫。我覺得自己好像做錯了什麼，她應該是如假包換的處女。

席琴太太聽到我和美央的對話，重重地嘆了一口氣。

「那也沒辦法了，既然公主這麼說，在完成來這個國家的目的之前，只能忍耐一下。但回國之後，被妳母親知道，我一定會被罵得狗血淋頭。」

「沒關係啦，席琴太太，只要妳不說，我不說，媽媽不會知道。」

美央說著，還朝她擠眉弄眼。看到這一幕，我的心抽了一下，連我自己都很驚訝。她太可愛了。

這次的打工似乎會樂趣無窮。

3

「在機場受傷的大使代理在送醫途中斷了氣，目前調查員還在做毒物分析，但應該是生物鹼類的毒劑。」

島津先生說道。我、老爸和島津先生正在公主她們住的房間隔壁。

一行人包下了「西麻布」飯店頂樓五樓的所有房間。公主房間的這一側是冴木偵探事務所，另一側住著保鑣。

「大使館的情況怎麼樣？」

「我剛才和大使談過，他嚇得渾身發抖。他只擔心協助美央公主會惹毛卡旺，聽到我說會負責公主在日期間的戒護工作，他發自內心地鬆了一口氣。至於大使代理，就當作病故處理了，總之，他不想跟這件事扯上關係。」

「大使代理是怎樣的人？」

「名叫豪斯旺，沒有亮眼的學歷，從翻譯官升為外交官，相當懂得見機行事，無論在東方或西方都建立了人脈。老實說，搞不好還比大使聰明，真是損失慘重。」

老爸意興闌珊地點點頭，打開了電視，剛好是二頻道，突然出現馬賽克的特寫鏡頭，嬌喘聲響徹整個房間。

「不知道公主會不會看這個？」

「席琴太太會拔掉插頭，把整台電視機丟出去。」

我盤腿坐在床上說道。

島津先生坐在小沙發上。

「說起來，這的確很像你會做的事。冴木，沒想到你居然會叫他們住賓館。」

老爸沒回答，反問他：

「有沒有查到機場的那對男女？」

「你知道一天有幾對東南亞男女出入成田？況且這次不能正式動用警力。」

「但我記住了他們的長相。」我說道。

「下次不一定會用同一批人，機場的情況不太一樣，在大街上，日本人比較不會引人注意。」

「下次會換人？」

「我想應該是。即使住宿的地方再隱密，公主出入的場所不難猜到，像是她打算留學的學校和觀光名勝之類的。」

「如有必要，要不要派我信任的下屬？」

島津先生問道。

「不，不勞費心。不過，你去調查一下日本有沒有卡瑪爾教的信徒。」

「卡瑪爾教？」

「對，還有那些個體戶的資深殺手動向。想要取公主的性命，一定是職業殺手或狂熱的信徒。我剛才也說了，在當地調度職業殺手的成功率比較高，如果是狂熱信徒下手，就很難猜出會出什麼招數。」

「知道了，總之保持聯絡。」

島津點點頭，站了起來。老爸坐在地上，樂不可支地看著二頻道。身穿網球裝的女優（註）被像是教練的色大叔操翻了。

島津先生離開後，老爸關了電視，拿起上衣。

「要出去？」

「向老朋友打聲招呼，搞不好可以聽到什麼消息。」

「我以為這件事已經交給島津先生處理……」

「他和我的管道不同，有些人不願向公權力和金錢屈服。」

「那我在這裡要幹嘛？」

「我會向櫃檯交代。」

老爸笑得很賊。

「交代什麼？」

「這裡的老闆是個無可救藥的色情狂，在客房裡裝了不少針孔攝影機，一刀未剪真人版實況轉播，秋夜漫漫，這可是最好的消遣呀。」

這人腦袋裡到底裝了什麼？

註：女演員。

第二天，我把清晨才回來的老爸留在「西麻布」飯店，和美央一行人進行此行的主要目的，挑選留學的大學。

首先，依次去了名門私立大學K大、W大和J大。

「公主可以免試入學嗎？」

休旅車上坐了包括保鑣在內的四個人，由我阿隆無照駕駛。當我看著照後鏡發問時，席琴太太狠狠地瞪了我一眼。

美央公主今天穿著牛仔褲和連帽T恤。米奇正在T恤背後開心招手。

「怎麼可能！」

美央翻譯後，席琴太太咬牙切齒地說道，似乎快撲過來了。

「即使這個國家有這種制度，美央公主也會參加入學考試，我奉王妃之命教育公主，無論參加哪一所大學的考試，都會考出令人滿意的成績。」

「恕我失禮了，那就任君挑選了。」

「當然。不過，我希望美央可以讀女子大學，如果貴國有名門女子大學，就可以讓她學到風俗習慣、社交禮儀，符合國際社交界的需求。」

「我想應該很難。」

「為什麼？」

「恕我直言，因為敝國有超過一半的女大生滿腦子只想跟男生玩。」

「玩什麼？」

美央沒有翻譯，直接問我。

「這個嘛……，比方說，滑雪、水上滑艇、打網球，一起喝酒、去舞廳或開車兜風。」

美央的眼睛亮了起來。

「去哪裡兜風？」

「海邊或迪士尼樂園。」

「迪士尼！日本也有嗎？」

「妳不知道嗎？東京迪士尼只要開車一個小時就到了。」

「好想去！」

「美央公主，你們在聊什麼？」

席琴太太像冰塊般的聲音插嘴問道。美央把剛才的話翻譯給她聽，她頓時驚叫：

「怎麼可以！公主，妳到底在想什麼!?妳父王臥病在床，妳知道國內的政局有多麼動盪不安嗎？請妳好好想一想，怎麼可以去迪士尼樂園！」

「席琴太太，對不起。」

美央頓時洩了氣。

「還有你，隆先生，請你專心開車，別對公主說一些不必要的話。」

席琴太太用冰柱刺向我。

「席琴太太，別這麼說，他只是——」

「公主，請別說了。」

美央快哭了。我朝照後鏡向她扮了一個鬼臉，只有她看到，驚訝地看著我。

那可是我阿隆最拿手的拋媚眼絕技。

笑容終於回到了美央的臉上。

參觀過三所大學，在席琴太太的要求下，公主回飯店更衣，我開車載他們到銀座一家超高檔的法國餐廳。

「想要成為一流的淑女，無論任何事都必須了解什麼是一流。誰都不知道以後會與誰一起用晚餐。」

她很惡意地看著站在桌旁的我開講。

「雖然我們在國內沒機會在宮殿以外的場所用餐，但這裡不一樣。妳早就學會了餐桌禮儀，今天我要教妳愉快而優雅地享受美食。」

只要學會愉快優雅地和這個雞骨老太婆單獨用餐的方法，即使跟惡魔一起吃飯，也可以樂在其中——這是我的感想。

我和保鑣是「下人」，所以不能與她們在同一張餐桌用餐。關於這個問題，席琴太太連骨子裡都是英國人。

她盡情享受獨自開講的樂趣，介紹這是雪利酒，那是葡萄酒，這是餐後的白蘭地。可憐的美央只能偷偷看我一眼，嘆了一口氣。

我坐在角落的桌子旁，被兩名體形龐大，幾乎從不開口的保鑣夾在中間，默默地吃飯。

席琴太太昨晚已經請飯店訂了這家餐廳。

用餐時，我依照老爸的吩咐，觀察餐廳內的客人。

早上出門時，老爸勉強睜著快閉上的眼睛告訴我：

「開車時不必擔心被攻擊，該注意的是晚餐時段。高檔餐廳不可能讓前一天或當天僱用的服務生在外場服務，所以不必擔心被下毒，只要留意餐廳裡的其他客人，絕對不要坐在其他客人走動時會經過的座位。」

剛開始，餐廳替我們這一票來路不明的客人準備的正是這樣的座位，經過席琴太太強烈的抗議（她提出「這家餐廳這麼對待外國人嗎」之類的質問），結果，餐廳立刻替我們更換最裡面的位子。

美央換了一件乳白色的洋裝，頓時增添了成熟的韻味。我阿隆只能穿上唯一的一套D．C名牌。

比起席琴太太，美央似乎食慾缺缺，接二連三送上來的料理都剩下一半。

我正打算吃餐後甜點時，席琴太太朝我晃了晃食指。

無奈之餘，我只能走過去，席琴太太不知道吩咐了什麼。美央抗議說：

「這……，他還沒吃甜點……」

但席琴太太不理她，美央只能滿臉歉意地抬頭看著我說：

「呃，席琴太太請你配合我們吃完，把車子開過來……。真對不起。」

「小意思。」

我面帶微笑地說道。

「隆——」

「公主殿下，有什麼吩咐？」

「你穿西裝很帥。」

「謝謝，公主殿下看起來也很成熟。」

美央臉紅了。

我帶著她的安慰走出餐廳，穿過夜晚的銀座，衝向地下停車場。我下定決心，無論那個雞骨老太婆說什麼，美央在日本的這段期間，我一定要騎著NS400R載她去迪士尼玩一趟。

我走到停車場，首先打開副駕駛座的門，檢查車內。然後，打開引擎蓋，檢查引擎。這也是老爸的吩咐。

「聽好了，只要人一離開車子，即使時間再短，再回到車上時，也要仔細檢查車子有沒有被動過手腳。」

我闔上引擎蓋，發動引擎。沒有異常。

我開車前往收費站。

付完停車費，等待柵欄升起。

柵欄升了起來，我開始驅車上坡。當我爬到上坡彎道的一半時，迎面駛來一輛車。那是一輛黑色賓士，車窗貼滿了黑色隔熱紙。

我急忙踩煞車，在賓士前停下來，後方傳來一陣撞擊。

我回頭一看。

後方也有一輛黑色賓士，好像三明治一樣把我的休旅車夾在中間。通道很狹窄，我根本無路可退。

前方賓士的後車門打開，一個體形結實的大光頭下來，還有一個穿黑西裝的瘦削中年男子，兩人手上都拿著槍。光頭拿著霰彈槍，西裝男拿著裝上消音器的自動槍。

我下意識地趴下來。光頭的槍口噴火，休旅車的擋風玻璃頓時碎得稀里嘩啦。

這傢伙真愛出風頭。我驚訝不已，渾身發抖。

玻璃碎片紛紛掉在我身上，我還是移動倒車檔，右手用力按下油門。

休旅車發出尖銳的聲響往後退，重重地撞向後方賓士的車頭。

司機還坐在車上，立刻把休旅車往上頂。我馬上把排檔轉到前進。

這一次撞到了前方的賓士。

光頭拿著霰彈槍掃射，休旅車的引擎蓋彈了起來，火花四濺。

我死定了。如果下車，一定會被打成蜂窩。

「下車！」

通道上傳來叫聲。

我緩緩地抬頭，霰彈槍從擋風玻璃早已被打得一片不剩的位置伸了進來，對準了我的臉。

我慢慢地打開車門，爬出車子。

「根本是個小鬼嘛。」

光頭不屑地說道。

「閉嘴。」

中年男子在他背後吼了一聲，那聲音很沙啞。

「公主他們在哪裡？」

中年男子把裝有消音器的槍管抵著我的脖子。

「正在吃橙香火焰可麗餅。」

「什麼？」

這時，休旅車的駕駛座冒起一股煙。

「危險！快爆炸了！」

我大叫，光頭的視線和頂著我脖子的槍口都移開了。我一低頭，朝光頭的下腹撞了過去。我的頭用力撞上了光頭的命根子。

頭頂上傳來一聲沉悶的呻吟。駕駛座是因為我點了緊急發煙筒才會冒煙，但休旅車真的快變成了火球。

我把光頭撞向通道的牆上，拼命奔跑。一陣刺耳的警鈴聲隨之響起，現場頓時下起了傾盆大雨。

自動灑水消防器感應到煙霧後開始灑水。

「混蛋！」

前面那輛賓士駕駛座的門打開，第三個男人下車。我撞到了那扇門，男人的身體被夾在車體和車門之間，「嗚呃」地呻吟起來。

「別讓他跑了。」

我身後傳來叫聲。

「笨蛋！別開槍！」

那男人瞪大眼睛叫著。因為光頭把霰彈槍對著我。

警鈴仍然響個不停。

「這個死小鬼！」

從賓士車下來的男人隔著門，伸手過來。我甩開他的手，繞過賓士車門。

「喔喔喔——」

此時，再度響起慘叫。那男人離開了駕駛座，前面的賓士連同休旅車一起往下滑。休旅車的引擎熄火了，後面那輛賓士等於承受了兩輛車的重量。

「回去，趕快把車子開上來。」

下面那輛賓士車裡傳來叫聲。

「媽的！」

當那男人轉頭，把注意力集中在那輛車時，我對準他的下巴揮了一記直勾拳。結果地面潮濕，我腳底一滑，整個人仰面翻倒。沒想到這一滑反而救了我一命，隨著砰的一聲，賓士側面的車窗被打破了，原本靠在車門上的那個司機慘叫一聲，霰彈槍的子彈打中了他的背。

此時，休旅車真的變成了一團火球。中槍的男人卡在車上，在通道上被拖行。我躲在門後。

「慘了！快逃。」

下面那輛賓士的司機大叫。火勢即將延燒到那輛車了。

「畜牲！」

光頭破口大罵，又開了一槍，衝向下面那輛賓士。另一個中年男子早就上了車。他們隔著擋風玻璃惡狠狠地瞪著我，賓士車迅速倒車，輪胎發出刺耳的聲響。車子撞斷了柵欄機，迅速倒退迴轉。失去支撐的休旅車和上面那輛賓士立刻撞了過去，化成一團火球的休旅車朝向已掉頭、正準備離開的賓士撞去。

賓士被撞後搖晃了一下，頓時燒了起來，然後，上面那輛賓士隨著一聲巨響，也撞了上去。

只聽到一聲慘叫。一眨眼，三輛車撞成一團，陷入一片火海中。

「燒死吧！混帳東西！」

我雙手放在腿上，忍著想蹲下的衝動大叫了起來。

4

「所有人都重度燒傷，被送進加護病房，可能還需要很久時間才有辦法偵訊他們。」

當天深夜，島津先生造訪事務所時告訴我們。

「反正也問不出什麼。我聽阿隆說，他們只是一些二、三流的貨色，除了炫耀火力以外，沒有其他本事。委託人不可能向這種笨蛋透露什麼資訊，讓自己曝光。」

老爸坐在捲門書桌上，拿著兩罐啤酒答道，再把其中一罐丟給盤腿坐在地上的我。

「只會出一張嘴——」我拉開拉環，吸吮頓時冒出來的啤酒泡沫說道。「那些笨蛋差點把我打成蜂窩耶。」

「是你自己不小心，」老爸不屑地回答。「開車離開通道時，必須充分警戒後方的車子，因為這就像無處可逃的隧道，正是攻擊的最佳位置。」

「是啊，是啊，以後怎麼辦？叫計程車嗎？還是包車？」

休旅車已經燒焦了。

「可以用我的車，車上裝了防彈玻璃。」

島津先生說道。

「我可以無照駕駛國有財產嗎？」

「車牌沒登記，警視廳也查不出是誰的。」

島津先生輕描淡寫地說道。

「讚！」

「重要的是接下來的事。根據我得到的消息，有一個爆破專家接到了case，目前行蹤不明，很可能受僱暗殺公主一行人。」

「『保險絲』嗎？」

老爸問道。島津先生把拉環丟進喝完的啤酒罐，點了點頭。

「他在朝鮮戰爭期間學會了爆破，之後就一直從事爆破工作。之前因為誤爆，炸斷了一隻手，銷聲匿跡了一陣子，聽說這一陣子又重返江湖了。」

「朝鮮戰爭不是發生在我出生之前嗎？」

「對啊，所以他應該有六十好幾了。」

「保險絲是他的化名嗎？」

「應該吧，誰會用真名，況且，在這個業界，真名沒有意義。」

「業界！」

「我還查到另一個人，他是狙擊專家，叫『電鑽』。」

聽到老爸的話，島津先生皺起眉頭。

「這名字沒聽過。」

「聽說在洛杉磯出師的，因為跟那裡的組織發生衝突才回日本，好像連FBI的狙擊手也自嘆不如。」

簡直就像漫畫嘛！而且，保險絲和電鑽根本是工具箱裡的工具，不能取個像漫畫人物那樣有氣勢的名字嗎？

「A級嗎？」

「完成這項任務後，就可以領到A級證書吧。」

「沒有關於委託人的消息嗎？」

「沒有。既然工作上門，只好一一收拾了。卡瑪爾教那裡的情況怎麼樣？」

「跟你想的一樣，日本的卡瑪爾教在靜岡縣熱海市。雖然搞不清楚是怎麼回事，但好像和萊依爾的教派總部有關係。」

「有多少成員？」

「聽說幾百人，其中也有幾個是住在日本的萊依爾人。」

「機場那對男女！」

老爸聽到我這麼說，便看著我。

「明天換我保護公主，你去熱海調查一下。」

明天公主一行人要搭車觀光，我原本還做著美夢，打算讓美央坐在副駕駛座，帶著她去兜風。

「不服嗎？」

「不，我去。」

我聳聳肩。這一切也是為了保護美央。

「你好像對公主有意思。」

老爸說道。

「是啊。」

「那孩子不錯，如果不是生在萊依爾王室，她應該會更幸福吧。」

老爸淡然地說道。我想起停車場大戰之後，搭計程車去接美央的情景。

當時，美央一看到我渾身濕透，立刻臉色蒼白地跑了過來，即使我說很危險，她還是替我拿掉衣服上沾到的玻璃碎片。

於是，我遞給她麥當勞的大亨堡做為謝禮。

「晚一點妳會餓。」

美央露出溫柔的笑容，把漢堡放進了皮包。

「我最喜歡吃漢堡了，但會被席琴太太罵。」

我沒把停車場發生的事告訴他們。因為，我不想讓席琴太太歇斯底里，但美央似乎察覺到了，她說：

「你要小心，別因為我受傷了。」

一想到美央，心頭頓時暖洋洋的，連我自己都覺得納悶。因為，我連她的小手都沒牽過。

啊呀呀呀——

島津先生離開，老爸去「西麻布」後，我獨自躺在床上，望著天花板。

保護她安全離開，意味著她將離我而去。美央平安地度過這幾天之後，將回到故鄉萊依爾。

然後……

我們從此不會再見面了。

唯一的安慰，就是美央本身並沒有不中意的婚約。在童話故事中，即使公主對平民產生一份淡淡的情愫，最後仍然要嫁給不喜歡的國王。

那天晚上，我做了一個夢。

我騎著NS400R，載著美央，還騎上了遊樂園的雲霄飛車。變成火球的光頭和席琴太太從後面追了上來。

然而，我和美央一點也不擔心，她清脆的笑聲傳入耳中，我沉浸在美妙的幸福中。

我們穿越遊樂園，終於單獨相處了。

我在夢中親吻美央，她的嘴唇很柔軟，冰冰涼涼的。

接吻後，我也無意更進一步。我們手牽著手，在空中俯視著遊樂園。

我知道美央在期待什麼，但是我做不到。

（傷腦筋，我變弱了。）

我喃喃自語。

（傷什麼腦筋？）

美央問我，我想回答她，但這次真的傷腦筋。

（因為傷腦筋，所以傷腦筋啊。）

（你真奇怪。）

美央大笑了起來，我也跟著她捧腹大笑。

當笑聲停止時，天亮了。

我從床上起身，回想起夢境，獨自竊笑著。

真是個美夢。

我在「麻呂宇」吃完早餐，請媽媽桑圭子幫我打電話向學校請假，然後跨上了NS400R。

背部可以感受到美央胸部的觸感。

「傷腦筋哪！」

我自言自語，戴上安全帽，直奔熱海。

我從厚木交流道下了東名高速公路，沿著小田原厚木道路行駛，行經便道，抵達熱海時才十點多。

我先來到熱海車站，向觀光局和計程車司機打聽日本卡瑪爾教的消息。

沒想到揮棒落空。

大家都表示沒聽說過。

除了熱海，箱根和伊東一帶有好幾個宗教團體的進修設施和道場，但沒聽過「卡瑪爾教」這個團體。

我決定去找島津先生給我的地址。地點位在可俯瞰錦浦的山頂附近，那裡的斜坡上有不少小旅館和公司的度假山莊。

我向沿途一家兼賣菸酒的小小紀念品店確認地址。

「在山頂上，有一棟很大的別墅，不知道那是什麼。」

身穿成套運動服的大叔推了推老花眼鏡告訴我。

我沿著狹窄的連續彎道上坡，這一帶是飆機車的最佳地形。

終於來到山頂，道路的盡頭出現了一道鐵門。

「前方是私人道路，閒人請勿闖入。」

鐵門上掛著這樣的牌子。門內雜草叢生，一條碎石小路似乎通向山頂。

我把重機停在兩百公尺前方的路肩，穿著褐色連身衣，戴著安全帽往前走。

我在靴子裡藏了一把扳手。「偵探扳手」對付「保險絲」和「電鑽」似乎並不壞。

鐵門周圍都是鐵絲網，包括那塊牌子在內，這裡看不到任何門牌或寫著所有人姓名的標示。

我翻越鐵絲網，沿著碎石路往上走。

沒想到路很遠，足足有一公里。
碎石路上方是一片鬱鬱蒼蒼的雜木林，林中有一條水泥路。
走進雜木林，兩旁都是粗大的樹木，這條路似乎通往海邊。
快走出雜木林時，終於看到一棟建築物。
那棟蘑菇造形的水泥建築物鑲著巨大的玻璃窗，乍看之下以為是天文台。
四周還是感受不到人跡。蘑菇蒂柄是一樓，傘狀部分是二樓。
雖然房子很壯觀，但空蕩蕩的，感覺像是廢墟。
天氣晴朗，可以看到蘑菇後方波光粼粼的藍色相模灣。這裡是野餐的最佳地點。
我觀察片刻後，走出樹林，四周毫無動靜，或許根本沒有人。
蒂柄部分有一扇玻璃門，裡面是一個光線昏暗的大廳。
一推玻璃門，門很順利地往內側打開。我小心翼翼地四處張望，沒有看到類似攝影機或警戒設施。
大廳四周有延伸而出的放射狀走廊，每條走廊都通往大小不一的房間，有的像教室，有的像小會議室，應該是排滿桌椅的會議室。
這裡空無一人。
走廊盡頭是通往二樓的樓梯。

二樓面向大海的那一側有一半是玻璃，但似乎很久沒打掃了，蜘蛛網隨處可見，整片玻璃也蒙上厚實的灰塵，灰濛濛的。

這棟建築物似乎棄置已久，沒有人使用。

我坐在面向大海排列的長椅上，脫下安全帽，點了一根菸。菸灰缸和垃圾桶也很久沒清了。

菸灰缸旁有一個被揉一團的菸盒，我撿起來打開一看，盒子側面印的保存期限日期是「六一．九」。

我看了一下自己抽的七星淡菸，上面印著「六三．五」。

至少一年多，將近兩年了。

此時，樓下傳來說話聲。我就像躲在廁所抽菸被老師發現一樣，慌忙擰熄了菸，揮手撥開空中的煙霧。

對方是從哪裡冒出來的？我目前的位置可以看到建築物入口，剛才沒看到有車或人靠近。

我離開長椅，走向樓梯的方向。說話聲離走廊越來越遠。

我走到樓梯中央，彎身一看。

一對男女背對著我往前走，我聽不懂他們說的語言。

然而，下一瞬間，我嚇到了。因為，他們的確提到了「美央」這個名字。

那對男女走到離入口大廳最近的房間。

男人開門時，我看到他的側臉。

我不認識。

他讓女人先進去。我認識那女人，就是在成田機場看到的那個女人。

門關上後，我下樓。走廊中間有一具粉紅色電話，他們剛才似乎在打電話。

但我仍然搞不懂他們是從哪裡冒出來的。

突然，一聲沉悶的低鳴沿著牆壁和地板傳來。

低鳴聲從他們剛才進去的那個房間傳來。我剛才看到房間裡面空蕩蕩的，根本沒有會發出這種聲音的東西。

我貼著牆往前走，把耳朵貼在門上。

低鳴聲停止了，裡面似乎察覺到我的動靜。

太詭異了。我甚至聽不到裡面的說話聲。

他們該不會拿著上次的毒箭槍，正等著少根筋的打工偵探送上門吧？

我從靴子裡拿出扳手，緊握在手上。

我站了很久，五分鐘，十分鐘過去了。汗水流了下來，扳手在手上打滑。

還是沒聲音。

我不禁猶豫了起來。到底該轉動門把，拿著扳手衝進去，還是先撤為妙？

我開始感覺身體僵硬，緩緩地轉動肩膀，吸了一口氣。

左手緩緩伸向門把。一旦有毒箭飛來，我立刻拔腿就跑。

我鬆鬆地握住門把，輕輕地、輕輕地轉動。

門打開一根手指的縫隙時，我壓低身體向裡面張望。

房間內空無一物。

我很自然地把門推開。

裡面連隻小貓也沒有，甚至連隻蝸牛都看不到。

笨蛋！

我張嘴，卻發不出聲音。

那兩個人消失了。我拿著扳手走了進去。

裡面空無一物，這個看起來像是放工具的房間連扇窗戶都沒有。

我愣住了。

聽說，瑜珈的高僧在開悟後具有各種不同的特異功能，難道卡瑪爾教也一樣？

我靠在牆上，把扳手放回靴子。這麼說，我剛才在空無一人的房間外汗流浹背，猛吞口水嗎？

但是，剛才那兩個人的確提到美央的名字，而且走進這個房間。雖然我聽不懂，但他們說的應該是萊依爾語。

這棟房子需要好好調查，得花點時間監視。

我下定決心，倒退著走出房間，然後，躡手躡腳地拉上門把。

背後傳來「咻」的聲音，背部隱隱作痛，我屏住呼吸。

中箭了。我立刻伸手摸背，但為時已晚，手還沒摸到毒箭，渾身已經發軟了。我雙腿一軟，跪倒在地。

我想抓門把，但手沉重不已，根本抬不起來。

我想回頭卻無力，身體好像慢動作般緩緩地躺了下來，地面越來越近，臉終於撞到了地板。

我不覺得痛，完全沒感覺。

眼前一片黑暗。

照亮殺手

女王陛下的打工偵探

1

「叫什麼名字？」

有人發問。我想睜開眼睛，眼皮卻抬不起來，好像被黏膠黏住了。手臂、雙腳和背部也都被黏住了，身體好像變成一根木棒，連手指頭都無法動彈。

我只聞到一股幽香。那味道很奇怪，有點像焚香，但不像焚香那麼濃烈，而是更輕柔的，令人心情舒暢的香味。

「叫什麼名字？」

對方又問了一次。奇怪的是，我的嘴巴可以動。或許是香味的關係，我格外放鬆。

「隆，冴木隆。」

「幹什麼的？」

「都立K高中，三年級，在當打工偵探。」

「今天幹了什麼？」

「卡瑪爾教，調查卡瑪爾教總部……」

「美央公主在哪裡？」

我搖搖頭。打算搖頭，但脖子可能根本沒動。

「在哪裡。」

「飯、店。」

「哪裡的？」

我突然笑了。因為我想起在「西麻布」賓館看到的實況轉播。

「色胚。」

「什麼？」

「色胚飯店。」

周圍頓時安靜下來。我好想睡，一定可以睡得很舒服。

「公主安全嗎？」

對方再度發問。

「她很好，但很可憐。」

「為什麼？」

「因為雞骨老太婆欺侮她。」

「雞骨？」

「吃掉算了。」

我根本不知道自己在說什麼。美央的臉孔浮現在腦海中，隨即又消失了。

「我想要。」

「要什麼？」

「……」

我說不出美央的名字。

「你想要雞骨嗎？」

我笑了。拜託。我想這麼大叫。我想要席琴太太!?這玩笑也太超過了。

我笑得一發不可收拾。原本心情就很愉快，所以更加無法克制了。

我笑著笑著，拼命笑著。然後，沒有人再問我任何問題了。

有人問我。不會吧？我心裡這麼想著，努力睜開眼睛。一道刺眼的光突然照進我的腦袋深處，我忍不住呻吟。

「你叫什麼名字？」

我睜開雙眼，光線還在，有人蹲在我面前。

「醒醒，你叫什麼名字？」

對方搖著我的肩膀。

「我叫冴木隆。」

我伸手想遮住光線。這次可以活動，渾身懶洋洋的，也不覺得疼痛。

「你還好吧？在這裡幹什麼？」

我眨了眨眼睛，看到了灰色制服，閃爍的紅光照亮了四周。

「呃，咦？」

我用手撐起身體坐了起來，聽到「嘰嘰嘰」的蟲鳴，看到濃密的草叢和白色的護欄。兩名制服警員蹲在我身旁。

NR400R停在他們身後。

「怎麼了？出車禍嗎？」

「不，呃……」

「是不是撞到頭了？」

另一名警員問道。那是我去卡瑪爾教總部之前停車的地方，天色已暗。

「可能是狐仙吧？」

「咦？」

「我好像遇到了狐仙。」

「狐仙？喂，呼一口氣讓我們聞一下，你是不是嗑藥了？」

「怎麼可能？」

手電筒的光再度照了過來，我瞇起眼睛。

「你就睡在大馬路正中央嗎？」

警員A驚訝地問道。

「不是，因為昨天我忙壞了，索性在機車上打瞌睡，結果睡相不好，可能跌下來了。」

「什麼!?把駕照拿出來。」

警員B得知我沒受傷，態度突然蠻橫了起來。

我從連身衣裡面拿出駕照。

「冴木隆，還在讀高中嘛，而且是東京的高中生。」

「不是說了嘛，我剛考完試，一個人騎車兜風，因為前一天晚上沒睡，結果……」

阿隆我只好拼命編故事。

「真的假的？你該不會吸了強力膠吧？」

「怎麼可能？那種東西對身體不好。」

「你怎麼知道對身體不好？莫非你有吸過？」

這就是警察最擅長的強辭奪理。

「不，我家愛犬很喜歡甲苯的氣味，我都在牠的狗食裡加一點甲苯調味，半年之後，牠就變成了廢人，不，是廢狗，真的是飯桶廢狗。」

「這傢伙果然怪怪的。」

「是嗎？現在的年輕人都有點怪怪的。」

上了年紀的警員A十分鎮定。

「總之，趕快起來。」

我站了起來，雖然還是渾身無力，但四肢健全，每個部位都還能活動。

當我站起來時，看到機車的相反方向，靠山頂處停了一輛警車，四周沒有其他人。

「你沒受傷吧。」

警員A把駕照還我時，問道。

「對，真是奇蹟。」

我想起背上中了毒箭，便這麼回答。不是我的身體特別耐毒，就是這次塗在箭頭的藥跟機場用的不一樣，算是麻醉劑之類的東西。

「小心點，別躺在這裡，當心被車子輾死或被野狗吃掉。」

「好，對不起。」

警員B仍然用懷疑的眼神看著我。

「那就早點回去吧。」

我點點頭，他們走回警車的方向。

「呃——」

「什麼？」

「請問山頂上那棟房子是什麼建築？」

我試問。或許當地警察知道些什麼。

「好像是什麼宗教團體，現在已經沒在使用了。別想去那裡過夜，聽說那裡鬧鬼。」

鬧鬼。

所以，是鬼用毒箭射我嗎？

那兩個警員坐上警車，但沒有立刻開走，正在等我騎車。

「快走吧。」

警官一臉懷疑地看著我。無奈之下，我只好騎上了NS400R。

「把衣服脫下來。」

老爸在「西麻布」賓館的房間內說道。

「在這裡!?」

賓館的房間裡只有我們父子倆，他該不會玩女人玩膩了，開始對美少年產生興趣？

「老爸，我可是你兒子。」

「笨蛋，我要看你背上的傷。」

我鬆了一口氣，拉下連身衣的拉鍊。

「轉過去。」

老爸說著，開始檢查我的背。

我回到東京時，已經十二點多了，隔壁的美央和席琴太太早就睡了。

「哼——」

老爸無力地哼了一聲，按著我背上的某一點。

「好痛。」

「有點腫，但沒有問題，並不是你的身體耐毒，而是這次用的是麻醉劑。」

我脫下連身衣，換上T恤和牛仔褲。

「為什麼?」

老爸點了一支寶馬菸，看著煙霧的方向。

「什麼為什麼？」

「他們為什麼不把你幹掉？」

這種人居然是我老爸，我氣得連眼淚都流不出來。

「不知道，搞不好剛好遇到卡瑪爾教不能殺生的日子。」

「他們試圖從你口中探聽消息，這一點錯不了。」

「也許吧，可能是我在做夢——不……」

我搖搖頭，因為我清楚記得那股奇妙的香味。

「不是夢，對方的確問我公主的下落，還有公主安不安全。」

「……」

老爸默默地仰望著粉紅色燈光。

「難道他們想了解殺手有沒有成功？」

「……」

「我應該沒透露……」

我不太有自信。雖然我太大意了，但誰會想到那些傢伙從背後出手。

老爸在菸灰缸裡摁熄了菸。

「可能是這樣，也可能不是這樣。」

「你在說什麼？」

「別在意，即使他們知道這個地方，也不可能輕易攻擊。」

「那個『保險絲』，還有『電鑽』呢？」

「這才是要擔心的問題。明天，公主要和文部省的人見面，算是非正式會面。」

「要去嗎？」

「你不必去，你去學校上課，然後替我調查一些事。」

明天又要和美央分開行動。我聳了聳肩。

「要我做什麼？」

老爸交代了一些事。

此人一直把我這個兒子推向更可怕的險境，但為了從後門走進東大，這點危險只能閉著眼往前衝了。

考生真辛苦。

2

過了半天遠離危險的「日常」生活，放學回家後，我騎上了NS400R。

首先，老爸叫我到新宿的某間摩天樓飯店，去見一個全年住在頂樓蜜月套房的某位人物。我大致猜得到對方是何許人也，一般納稅人不可能有財力包租摩天樓飯店的蜜月套房。

一定是住在黑暗世界、見不得光的人。

我搭電梯到四十一樓，走在鋪地毯的長廊上。我要找的房間在出電梯後往左轉，再走到盡頭。

我配合走廊上播放的音樂〈在雨中歌唱〉的節奏往前走，走廊兩側客房的門突然打開了。

兩名體形很適合摔角的壯漢走了出來，擋住我的去路。

這兩人身高都超過一百八十公分，體重將近九十公斤。雖然看起來不像黑道分子，但絕對不是業務員。其中一人身穿紫綠色西裝，另一人穿著牛仔褲、夾克和球鞋。雖然黑道的穿著比以前改善許多，但應該還沒進化到穿銳跑（ReeBok）球鞋。

我不理他們，想繼續往前走。

「喂，喂。」

紫綠西裝男叫住了我。

「是，是。」

純情高中生阿隆露出燦爛的笑容。

「你走錯樓層了。」

銳跑球鞋男也面帶笑容，但各位只要想像一下大魔神微笑的模樣，就知道那根本稱不上是充滿魅力的笑容。

「四一〇〇不是在這一樓嗎？」

我故作驚訝狀。

「是這一樓。」

紫綠西裝男緊繃著臉。

「那就沒錯了，我想見的人在四一〇〇室。」

「你是不是搞錯對象了？」

「是嗎？」

「應該是。」

壓迫感漸漸逼近，他們絕非等閒之輩。

「我是來收都立K高中的學生會會費。」

「開玩笑吧？」

紫綠西裝男A笑了笑，那笑容令人毛骨悚然，好像笑完之後就會翻臉說：「我要殺了你」。

「開玩笑啦。」

我乖乖地點頭。〈在雨中歌唱〉已經結束，接著播放〈跳舞到天亮〉。

「那就回家吧。」

「我想見神組麻先生……」

「這裡沒有這個人。」

銳跑男B搖搖頭。

「那我去櫃檯打聽一下，我想要向武器商人神祖麻先生買兩門火箭砲和五把烏茲衝鋒槍，去哪裡才能見到他？」

紫綠西裝男A和銳跑男B臉上的笑容紛紛消失了，他們收起所有的表情。

「小鬼，你是誰？」

「區區打工偵探。」

B猛然出手，我身體一斜，避開了他。A立刻架住我的身體，我右腳踢向走過來的B的大腿之間，他用大腿夾住了我的腳。他的大腿肌緊實有力，然而，這個動作早在我的意料之中。

我把全身重量壓在A身上，右腳踩在B的大腿上，高高抬起左腿一踢。

我的飛踢漂亮地擊中了B的臉。

B慘叫著向後仰，A嚇了一跳，鬆開了手。我直接躺在地上，以倒立的訣竅，腰部用力往上一挺，腳尖踢中了A的下巴。

「呃！」

「啊！」

A和B紛紛向後仰，當我站起來時，滿臉通紅的B撲了過來。

「媽的！」

我腳下稍微移動，用直勾拳打他的下巴，沒想到我的手被他夾住了，他把手伸向我的喉嚨。我閃掉，往旁邊一鑽。

此時，右肩感受到重擊，我雙腿頓時發軟。B從背後用手刀擊中了我。

B用手臂勾住我的脖子，我頓時呼吸困難，視野縮小，耳內轟隆作響。

我張開雙手，從兩側用力拍向他的雙耳。只要力道夠大，很有可能震破對方的耳膜，最起碼會造成劇痛。

由於我呼吸困難，威力不如預期，但還是讓B鬆開了手，我後退幾步。

A和B都不說話，面無表情地向背靠著門的我逼近。這兩人相當厲害，我赤手空拳，根本不是對手。

「麻煩你們轉告神組麻先生，冴木偵探事務所活力十足的男孩來了……」

對方沒有回答。A頓時蹲了下來。雖然我知道他會出招，但沒想到他的回旋腿威力十足。

才剛擋住，迎面又飛過來一拳，我好不容易才躲過。

啪的一聲，他打中了我背後的門板。好可怕的破壞力。

如果是漫畫，就會配一句「小鬼，真有兩下子」之類的台詞，但他們沒有半句廢話，可能真的想取我小命。

腹側頓時噴出冷汗。搞不好三、兩下我就被送上天堂了，果真如此，我的青春有太多遺憾了。

B大喊一聲，揮出雙拳。我頭一低，他的雙拳打進我頭上的門。我用膝蓋頂向他的胸口。

就在這時候，傳來一個聲音。

「住手！夠了。」

我的膝蓋撲了個空，A和B頓時從我面前跳開了。

真是夠了。

我靠在門上，身體慢慢滑到地板上，望著聲音傳來的方向。

一個穿著淺色皮夾克、牛仔褲，白色麻質襯衫衣襟敞到胸口的男人站在走廊深處。

他戴著雷朋墨鏡，像克林．伊斯威特般把頭髮梳向腦後。

男人扠著腰，低頭看著我。我發現他嘴上叼著一根很粗的雪茄。

「你剛才提到冴木偵探事務所。」

男人從嘴角吐出這句話。我點點頭。

「和冴木涼介有關係嗎？」

「涼介是我老爸，我叫冴木隆，請多多關照。」

「哎呀，」男人似乎不驚訝，「原來是冴木的兒子，長得不像嘛。」

「幸虧長得不像。」

我搖搖頭，男人笑了起來。

「帶他過來。冴木涼介是我的舊識。」

他向A、B命令道。

我站了起來，在他們的陪同下，走向走廊深處的房間。

那裡好像一間寬敞的會客室，牆上掛著很多畫，地板上堆著花瓶和佛像之類的古董，中央放了一張巨大的紅色皮革沙發。這裡有一個小吧檯，房間角落的大螢幕電視正在播放美式足球賽。

「坐。」

墨鏡大叔用下巴指了指沙發，走去小吧檯。

「喝什麼？」

「可樂。」

我回答。

「小鬼，你覺得這房間怎麼樣？」

窗外可以看到副都心暮色中的下班人潮。無論人和車，看起來都只有火柴頭那麼一丁點大。

「好像邁阿密大毒梟的巢穴。」

男人用沙啞的聲音笑了起來。

「這個比喻太好了，要罐裝的，還是瓶裝的？」

「無所謂。」

他從冰箱裡拿出可樂和Coors啤酒，在我的對面坐了下來。

「很低俗吧？」

他環視房間內說道。

「說得客氣一點，真的聳斃了。」

男人大笑起來。

「你真的是冴木的兒子嗎？少在那裡裝模作樣。」

我拉開拉環，一口氣喝下半罐。

「我是神組麻，你真的想要火箭砲嗎？」

走廊上似乎裝了隱藏式麥克風。我搖搖頭。

「騙你的，其實我是想向你打聽一點小事。」

神組麻嘆了一口氣，喝著啤酒，打完飽嗝後，又重重地嘆了一口氣。

「小鬼，你給我聽好了，我做的生意是買賣大砲、戰車、槍枝和手榴彈，不是徵信社。做這種生意的人如果大嘴巴，把客人的事說出去，恐怕就……」

他把大拇指伸到脖子前畫了一下。

這次輪到我對他嘆氣。

「怎麼了？」

「我老爸說，你這人很愛演戲，一定會這麼說，所以……」

「所以？」

「他叫我這麼說，『想學好萊塢的壞人，也不要太超過了』。」

神組麻哇哈哈地捧腹大笑，他抬起了腳，好像拍手一樣拍擊鞋底。

「你老爸太讚了，嗯，我曾經有三次想殺他，幸好沒幹掉他。」

他眼中含淚地說道。這個大叔真可怕。他笑完之後，探身向前。

「所以，你想問什麼？」

「最近有沒有兩個客人過來買炸藥和步槍？買炸藥的應該是獨臂老人。」

在我說話時，神組麻露出詭異的笑容，跟之前完全不一樣。他拿下墨鏡，眼白很清澈，一雙像女人般的鳳眼注視著我。

「來過啊，不是冴木的舊識嗎？是喔，原來這件事和冴木有關……」

「『保險絲』嗎？」

神組麻緩緩地點頭。

「他買了什麼？」

神組麻搖搖頭。

「不好意思，無可奉告。『保險絲』和冴木一樣，都是我的舊識，我不能出賣老主顧。」

「那請你告訴我出貨時間，請問是什麼時候？」

神組麻摸著下巴，舉止不再像剛才那樣裝模作樣，他故意表現得像黑道老大，或許是一種偽裝。

「好，那我告訴你。是昨天。他似乎研擬了不少方案，計畫決定後，昨天就過來買材料。」

「塑膠炸藥？還是定向地雷？」

神組麻閉上眼睛，搖了搖頭。

「我不是說了嗎？這一點我不能透露。」

我嘆了一口氣，老爸說得沒錯，神組麻會透露「出貨期」，但不會說出「商品明細」。

「步槍呢？」

聽老爸說，在關東武器商人中，神組麻供貨的品質和庫存首屈一指。無論「保險絲」還是「電鑽」，如果想要使用一流工具，一定會找神組麻。

「只有電影裡的殺手，才會經常擦拭愛用的槍砲。」

老爸說道。

「職業殺手可能有愛用的款式，但絕不會一直用同一把槍，因為太危險了。」

神組麻在思考，終於點了點頭。

「這個問題可以告訴你，因為那個年輕人太狂妄了，我想看看他有多少能耐。他買的是毛瑟的66SP，是他指定的款式，口徑七點六二釐米，很適合狙擊。他說自己有夜間遠望鏡。有效射程必須視他的槍法而定，如果想一槍解決，必須控制在五百公尺以內。」

「實際上還可以更遠嗎？」

「如果做好可能會射偏的心理準備，相距八百公尺也沒問題，但步槍不是機關槍，不能在發現目標後就一陣掃射。」

我點點頭，只要一槍沒命中，兔子就躲進洞裡不再出來。

「當距離越遠，風向、濕度、溫度所產生的影響越大。66SP的彈匣裡有三發子彈，如果槍膛裡也放一顆子彈，總共就有四發。不過只要稍微有點槍法的職業殺手，根本不需要打完所有子彈。」

「他應該也買了子彈吧？」

「買了，步槍用的買了一百發。他還要五十發九釐米帕拉貝倫手槍的子彈，應該是護身用的吧？」

所以，他同時擁有步槍和手槍。

「時間呢？」

「四天前，試射應該已經結束，準備投入工作了。」

「對方是個怎樣的人？」

神組麻抬眼看著我。

「年約三十四、五歲，很壯，好像黑猩猩。」

「跟你的保鑣差不多嗎？」

「嗯……，差不多吧。」

「他有沒有提到委託人？」

「沒說。怎麼可能說呢？如果是這種大嘴巴，我也會怕，根本不敢賣給他。」

原來如此，言之有理。

「他可能很有自信，還說試槍之後，如果精準度不佳，要回來退貨。」

「每把槍的精準度不一樣嗎？」

「任何機械都一樣，即使是同一家工廠，用相同零件大量生產的電視，有些畫質好，有些畫面就比較差。槍也一樣，有好槍，也有壞槍。殺手用的武器不好就活不長。

我只賣好東西，希望老主顧活得久一點，多買一些貨——任何生意都一樣，對吧！」
神組麻開心地笑著。
「而且，我也在消除貿易不平衡，只不過，我賺的錢不能曝光。」
他大笑了起來，又戴上墨鏡，似乎暗示會面已經結束。一直默默在一旁看我們交談的A和B走了過來，我立刻起身。

3

「延長停留時間？」
美央笑咪咪地翻譯席琴太太的話，我忍不住驚叫。
「對，我剛才也和席琴太太說，目前還沒決定要讀哪一所大學。所以，原本明晚要搭機回萊依爾，現在還要延後兩、三天。」
我看著老爸。
我們坐在「麻呂宇」的桌前。「麻呂宇」今天提前打烊，傍晚以後，就被美央一行人包下，由星野伯爵大顯身手做了一桌日本家常菜。有洋芋燉肉、炸豬排、松茸飯、照燒鰤魚，還有茶碗蒸。

老爸雙臂交抱，仰望著天花板。

「公主，通知大使館了嗎？」

「只有告訴大使。」

「妳停留在這個國家越久，受到生命威脅的機率越高……」

「我已經做好了心理準備。」

美央語氣堅定地說道。她嫣然一笑，炯炯有神的雙眼表現出強烈的決心。

「而且，這三天很愉快，我第一次吃到這麼好吃的菜色。」

「這——」

席琴太太不知道說了什麼。

「這個老太婆似乎也知道公主在這裡很愉快，她不忍心帶公主回去，因為那裡馬上會展開一場激烈的王位爭奪戰。」

老爸翻譯給我聽，我不禁對席琴太太刮目相看。

我不該叫她雞骨老太婆的。

「阿隆，我留在這裡會讓你很困擾嗎？」

美央擔心地看著我。

「當然不會。」

我的心情很複雜。繼續和美央在一起固然開心，但就像老爸說的，她面臨的危險也會增加。只要她回到有衛兵守護的皇宮，即使精神上痛苦，至少生命不至於受到那兩個綽號叫什麼工具的殺手威脅。

「那你為什麼……」

她以那雙聰明的大眼睛注視著我，我無法呼吸。

「我擔心妳。」

我冷冷地說道。美央穿著今天白天買的綠色針織洋裝，裙子有點短，那雙穿著絲襪的長腿令我心神不寧。

的確和不良少女、飆車姊姊相處的感覺不一樣，生長環境的差異令我手足無措。

「我沒問題，因為有冴木先生和你保護我。」

美央很有信心地說道。我看著天花板，用力呼吸。

星野伯爵輕咳了一下，大家都看著他。

圭子媽媽桑和星野伯爵推來一輛餐車，上面倒蓋著一個大沙拉盤。

「公主殿下，謹代表『麻呂宇』歡迎妳。」

媽媽桑說道。她穿著豔粉紅色的花俏洋裝。

星野伯爵小心翼翼地拿起大沙拉盤。

美央倒吸了一口氣。席琴太太驚叫：「太棒了！」

那是一個白色城堡形狀的蛋糕，上面還有儀隊兵吹著喇叭，中間有一個穿著白色婚紗的可愛小人。

城堡的塔上有一塊巧克力牌子寫著「WELCOME PRINCESS MIO」。

「謝謝！」

美央親了圭子媽媽桑的臉，星野伯爵屈膝親吻美央的手背。

「這是特地為妳製作的。」

「會發胖，但我要吃。」

美央興奮地說道。星野伯爵開始切蛋糕。無論晚餐和甜點，都準備了保鑣的份。星野先生的貼心讓沉默的保鑣也忍不住連聲說：

「thank you, very nice.」

「簡直就像做夢，我太開心了。如果可以念日本的大學，每天都要來這裡。」

美央興奮得脹紅了臉。

「阿隆——」老爸小聲對我說，「明天開始，由你保護公主。」

「遵命，老爸。」

我回答說，把蛋糕放進嘴裡。蛋糕又甜又軟，好高級的味道。

「這是河嗎？」

美央問道。我們剛參觀過橫濱的一所教會女子大學，上午的烏雲奇蹟似地消失了，多摩川一片蔚藍晴空。

「對啊！」

河畔有小孩子在垂釣，也有母親推著嬰兒車正在曬太陽。

一群人在這個季節放風箏。河堤上有一排腳踏車，反射著陽光閃閃發亮，路邊還有賣熱狗和章魚燒的路邊攤。

「公主，晚餐之前有沒有什麼安排？」

我問。美央問席琴太太。我從照後鏡看到席琴太太搖搖頭。

下午兩點多。中華街的午餐讓眼皮越來越沉重，我發現席琴太太從剛才就一直忍著呵欠。

「阿隆，我想去河邊看看。」

美央說道。我回頭看她。

「不行嗎？那裡的人看起來好愜意。」

後面似乎沒有車子跟蹤，「保險絲」和「電鑽」好像還沒掌握到我們的行蹤。

美央正在說服席琴太太，席琴太太勉強答應了。

我聳聳肩，行經大橋，車子駛入東京後掉頭。

我把車子停在河畔的堤防上。

「下去看看吧。」

美央興奮地說道。席琴太太說要留在車上，於是我和美央，還有兩名保鑣一起來到河畔。

「啊，好舒服。」

美央躺在斜坡的草叢上，仰望著天空說道。兩名保鑣站在美央身後，戴著墨鏡，觀察四周動靜，與河堤上一片溫馨的景色格格不入，推著嬰兒車的母親不時駐足，回頭看著他們。

美央絲毫不以為意，閉上眼睛深呼吸。

我起身走向章魚燒的攤位，沿途觀察四周。

相距兩百公尺的對岸是高爾夫球練習場，再繼續往左走，有一座鐵橋。或許是非假日的白天，練習場內沒什麼人。這種好天氣有太多事情比用那種掏耳棒打小白球有意義多了。

河堤上也沒有可疑的車輛。

我站在攤子前看了一陣子，決定不買章魚燒，改買霜淇淋。章魚燒對塞滿中國菜的胃來說太傷了。

我在熱狗攤買了兩個霜淇淋，回到美央身旁。

美央閉著眼睛，運動衣的胸部微微起伏著，似乎睡著了。

那熟睡的臉龐很祥和。如果保鑣不在——阿隆開始動歪腦筋。

此時，新幹線經過鐵橋，發出轟隆隆的聲響，反射在河面上。

美央聽到聲音，猛然張開眼睛。

她羞紅了臉。

「阿隆！」

我佯裝不知，吃著霜淇淋。

美央一隻手撐起身體，接過霜淇淋。

「心電感應。」

「什麼意思？」

「我正想吃霜淇淋。」

「因為我是偵探嘛。」

我向她擠眉弄眼。

我們並肩坐著吃霜淇淋。自從美央來日本以後，阿隆的異性交往完全沉浸在柏拉圖式的純愛中。

「阿隆，你要讀哪一所大學？」

美央邊舔著手指上沾到的霜淇淋邊問我，那動作好像小狗般惹人憐愛。

「能進哪裡就讀哪裡。」

「能進哪裡就讀哪裡？」

「我工作太賣力了，可能無緣進名門大學。」

「你媽怎麼說？」

「我沒有媽媽，我媽應該在我小時候就死了。」

「對不起。」

「沒關係，反正我還有個廢物老爸。」

「廢物？」

「對，懶鬼，遊手好閒。」

「遊手好閒？」

「對，反正就是對社會沒有幫助的人。」

美央笑了起來。

「好過分，你爸可是很厲害的偵探。」

「那是多虧有一個能幹的助理。」

「你們的工作好像很好玩。」

「偶爾也會有好玩的事。」

「也有不好玩的事嗎？對喔，上次讓你遇到很可怕的事。」

不知道是否想起之前銀座停車場發生的事，美央一臉痛苦的表情。我慌忙說：

「別擔心，雖然也有危險，但順利解決的時候，會有一種『太棒了』的快感。」

「即使為了我而遭遇危險，也不討厭我嗎？」

「怎麼可能!?」

美央神情專注地看著我。如果她不是公主，阿隆就會毫不猶豫地要她當女朋友。

此時，又有一列新幹線駛過鐵橋，轟隆聲傳遍緩慢流動的河水。我和美央相互凝望，漸漸感覺喘不過氣，不禁移開了目光。

鐵橋對岸的橋墩下，出現了一名釣客。他手上的釣竿一亮。

我正準備移開目光，忍不住又看了一眼。似乎不太對勁。

剛才，釣客臉部附近有東西一亮。我心頭一驚，那釣客拿的不是竹竿，也不是玻璃纖維魚竿。

是步槍。

我沒時間呼叫，立刻把美央撲倒。

「阿隆，等一下！別這麼急，我還沒準備好……」

有東西打在草叢上，一塊小石子飛了起來。

美央的頭髮散發出怡人的香味。那味道我好像在哪裡聞過，正當我閃過這個念頭時，第二槍又打了過來。

隨著咻的一聲，美央手上的霜淇淋被打得粉碎。

她倒吸了一口氣。

「別動！」

「阿隆，會中彈，你會中彈！」

美央呼吸困難地在我身體底下說道。兩名保鑣終於察覺不妙，跑了過來。

「步槍！在那裡！」

我指著對岸大叫。雖然說的是日語，但他們似乎理解我的意思，其中一名保鑣從上衣內側掏出手槍。對方離這裡有兩百公尺，不，因為是斜前方，所以應該有三百公尺，手槍的子彈根本打不到。

「……」

保鑣不知道用萊依爾語叫著什麼，兩人撲倒在我們身上。

新幹線仍然在鐵橋上行駛。我咬緊牙關。對方一定是趁新幹線駛過鐵橋發出巨響時再瞄準狙擊。

新幹線終於離開了。

有好一會兒，我們仍然疊在一起沒有動彈。如果旁人看到，一定會覺得我們都一把年紀了，還在玩人肉跳箱遊戲，結果整個垮掉了，手腳和腦袋交疊著。

我終於轉動脖子，看著對岸的橋墩下。狙擊手消失無蹤。

「回車上！動作快！」

說完，我立刻跳了起來，摟著美央的肩膀奔跑。

是「電鑽」發動攻擊。我一邊跑，一邊咬牙切齒。我太大意了，才會犯這種錯誤，所幸運氣不差。

我太小看對手了。「電鑽」果然是頂級的職業殺手，我完全沒察覺被跟蹤。

所有人都坐上車後，我立刻開車衝了出去。在後座打瞌睡的席琴太太驚叫起來，不知道發生了什麼事。

車子行經小型住宅區，在崎嶇的巷弄間奔馳。我刻意避開前往都心的幹線道路。

離開河堤數公里遠，我拿起島津先生這輛車的汽車電話。

「是我。」

我剛按下號碼，老爸就接了。他也在借來的某輛車上。

「我們在多摩河堤遭到『電鑽』狙擊，所幸無人受傷，敵人在靠川崎的對岸向河堤開槍。」

「有沒有看到對方的臉？」

「沒看清楚，只記得一身釣客裝扮。」

「好，去C點，把貨交給我。」

「遵命。」

我和老爸事先決定了萬一受狙擊時的換車地點，只有A、B、C三個點，C點是澀谷的賓館街。

車子在小路上開了很久，進入二四六號道路後，我直奔澀谷。

「A級高手終於上場了。」

在賓館林立的狹小街道上，我把一行人送上了老爸的休旅車。

「真是走了狗屎運才逃過一劫。河面的風速應該比『電鑽』原先計算得更強，否則我的背早就穿孔了。」

我說道。

「我想也是吧，不過，運氣不可能連續好兩次。對方這次失敗後，一定會立刻展開第二次，『西麻布』也不太安全了。」

美央不安地聽著我們的對話，我和父親四目相望。

「差不多該動手了嗎？」

我問道。

「黏蟑屋作戰嗎？」

老爸想了一下。

「我在意的是『保險絲』到目前還沒有動靜。」

「老爸，先對付眼前的敵人再說。」

老爸點點頭。

「好，那就動手吧。」

「阿隆，怎麼回事？黏蟑屋作戰是什麼意思？」

美央問道。席琴太太似乎從美央那裡得知情況，但她十分鎮定。

「就是黏蟑螂屋。」

「黏蟑螂屋？」

「就是抓蟑螂的陷阱。」

我不願多作解釋，因為我不想讓她操心。

（阿隆，會中彈，你會中彈！）她的聲音仍然在我耳畔縈繞著。比起自己，她更擔心我的安危。

老爸開著休旅車，載著美央一行人離開賓館街，我回到借來的CROWN上。

要動手了。

我渾身抖了一下。「電鑽」，你是一號蟑螂。

4

我不知道「電鑽」是怎麼查到美央的座車，最大的可能，就是他已經知道「西麻布」飯店，從那裡開始跟蹤的。果真如此，「西麻布」就變得很危險。雖然躲在房間裡，可以躲過步槍的子彈，但萬一「保險絲」展開攻擊，那就束手無策了。

美央很可能會隨著不合時宜的煙火被送上天堂。

我和老爸、美央他們分手後，在途中買了幾樣東西，下午五點多才回到了「西麻布」飯店。

老爸在美央他們隔壁的房間等我。我把「電鑽」的狙擊經過一五一十告訴他，然後開始研擬黏蟑屋的作戰計畫。

「你們在河岸停留多久？」

「三十分鐘……，不，應該有四十分鐘。」

老爸難得露出嚴肅的表情，此人只有在打麻將最後一圈，其他三家都聽牌，唯獨他還差一張才能聽牌時，才會露出這麼嚴肅的表情。

「可見得『電鑽』之前都在橋墩下觀察你們。」

「雖然很懊惱，不過他很勤快。一看到我停好車，走去河畔，立刻四處走動，找到適合狙擊的位置。比起他，之前在停車場靠大批人馬埋伏的傢伙差太遠了。」

老爸拿起我畫完現場狀況的原子筆，叩叩叩地敲著門牙。

「『電鑽』觀察了你和美央公主的情況。」

「應該吧。」

我回想起當時如果沒有那兩名保鑣，我們看起來就像名正言順的情侶。如果當時沒有發生意外，如果當時保鑣不在，如果美央不是公主……

我一定會吻她。

老爸的眼神令我在意。

「所以，你是什麼意思？」

「所以，『電鑽』知道你和公主的關係不錯。」

「那又怎樣？」

「既然這樣，就要利用這一點讓『電鑽』落入圈套。」

我想開口說話，但什麼話都講不出來，只好閉嘴。這人該不會在想很危險的事吧？

「用黏蟑屋作戰？」

「用黏蟑屋作戰。」

老爸點點頭。

我聳聳肩。

那天晚上，美央一行人受邀參加萊依爾駐日大使在大使館內舉行的晚宴。

七點不到，我開著CROWN，載著老爸和一行人離開「西麻布」飯店。美央穿著高雅的白色洋裝，很有公主味道。席琴太太也穿上銀灰色正式套裝，兩名保鑣和老爸都穿著燕尾服。

我第一次看到老爸穿燕尾服。傷腦筋的是，他穿起來還有模有樣的，他以前一定在酒店當過保鑣。

「阿隆，你不去嗎？」

我穿著牛仔褲坐在駕駛座，美央問我。我還來不及回答，老爸搶先說：

「公主，不好意思，這小子骨子裡就是混混，出席這麼高級的場合，反而會破壞氣氛。」

「怎麼會……」

阿隆只能忍耐。

「我曾經努力想把阿隆調教成紳士……，不過，歹竹很難出好筍啦。」

美央皺眉。

席琴太太發出和美央相同的質疑，老爸用英語回答她。

「冴木先生，你說得好像他不是你家人。」

美央用英語說道。

「妳說得對，我只是把他養大而已。他無依無靠，只能靠偷竊為生，所以我收留他，供他讀書，希望他可以成為一個堂堂正正的人。」

老爸說得天花亂墜。

「我覺得阿隆是很優秀的紳士……」

「他只是裝出來的，真正的他狡猾奸詐，下流無恥，是個像野狗的不良少年。」

不可思議的是，即使他用外語說我壞話，我也可以猜出幾分。因為老爸說的是英語，我假裝聽不懂，美央的眉頭鎖得更緊了。席琴太太露出既同情又很認同的表情。

車子駛過位於赤坂小巧雅致的大使館大門，我把車子停在官邸旁邊。

「十點再來接我們，你去買漢堡吃吧。」

老爸故意從皮夾裡掏出一張千圓紙鈔遞給我。

「阿隆……」

美央一臉快哭出來的表情下車，來到駕駛座旁的車窗前。

「公主，妳別擔心。等一下要不要偷溜出來，我帶妳去兜風？」

我說道。美央驚訝地東張西望，出來迎接的大使和夫人正在與席琴太太交談。

「真的嗎？」

美央小聲問道，我點點頭。

「我去。」

美央迅速下定決心說道。

「我要怎麼找你？」

「不能告訴其他人。九點半，我會騎車在大使館後門等妳，妳可以騙他們說不舒服，找藉口溜出來。」

美央用力點頭。

「公主——」

席琴太太大叫。

美央一口氣說：

「阿隆，我相信你是紳士，比起參加晚宴，和你一起吃漢堡更開心。」

「謝謝妳。」

「美央公主！」

席琴太太再度大叫。美央輕輕向我揮手，便轉身離開了。我目送一行人在公主和大使夫婦的率領下走進燈光璀璨的晚宴會場，掉轉車頭。

回到聖特雷沙公寓，我先把傍晚買的東西裝上老爸的休旅車。胸口隱隱作痛。美央對我產生了強烈的同情。雖然一切都按照計畫進行，但如果美央無法充分享受今天的晚宴，一切都是我的錯。

我開著休旅車，默默地告訴自己。堅強一點。即使如此，也是為了保護美央。

我把休旅車停在大使館附近事先與老爸約好的地方。這一帶是安靜的精華地段，附近有許多公寓大樓。

我把鑰匙留在車上，下車，準備招計程車，因為必須再回到聖特雷沙公寓。

我沿著一整排違規停車的車陣走向大馬路。

當我走過其中一輛黑色轎車的斜後方時，我停下腳步。

車上坐著一對男女，我見過那個女的。

那是我在成田機場和卡瑪爾教總部見過的女人。我不認識那個男人，但他曾經在卡瑪爾教總部跟那個女人在一起。

怎麼辦？

我朝右轉身，吞了一口口水。沒想到卡瑪爾教的殺手也中了原本用來設計「電鑽」的圈套。

事情可能會變得很複雜。

但事到如今，計畫不可能半途而廢。

很顯然，那對男女在監視萊依爾大使館。

除了步槍的子彈，還要留意毒箭。

我在大使館對面攔了一輛計程車，回到聖特雷沙公寓，換上連身衣，帶著備用安全帽，騎上NS400R。

到六本木的漢堡店填飽肚子後，和美央約定的時間快到了。

九點二十分，我來到後門等待。美央會順利從晚宴中脫身嗎？

我脫下安全帽，抽了一根菸，唯恐別人不知道我是冴木隆。

九點二十八分，後門打開一條縫。美央從門縫中閃了出來，她呼吸急促的模樣令我小鹿亂撞。

「阿隆！」

「噓，戴上這個。」

我把安全帽遞給她。她似乎不知道怎麼戴，我教她戴上。

不能在這裡浪費時間。

「抱緊我。」

我把她的手放在我腰上，隨即發動了NS400R。身穿白色禮服，頭戴安全帽的美央很顯眼。

車子才啟動，美央就在我耳邊大聲問：

「要去哪裡？」

「新宿！」

我回答。美央緊貼著我的背。

穿越狹小的住宅區，來到青山大道時，我立刻加速。經過神宮外苑和千駄谷車站，駛入明治大道。

來到歌舞伎町的靖國大道後，美央倒吸了一口氣。

「好多人！」

號誌燈一變，我擠進正在過馬路的人群。

「這裡是東京最熱鬧的地方。」

「我想下去走走。」

「好。」

我把機車停在區公所大道上。美央雖然穿著禮服，但在每天都是嘉年華會的新宿，不至於太引人注目。

「這些人都在這裡幹什麼？」

美央脫下安全帽，在人群中問我。

「來玩啊！喝酒、唱歌、跳舞、看電影、打保齡球、撞球，還有很多啦。」

「難以相信，我們國家也有下城區，但即使星期六晚上，路上也不會有這麼多人。」

她雙眼發亮，好像鄉下小孩第一次進城。

「那是什麼？」

她指著燈光閃爍的電玩中心。

「我來教妳。」

我拉著美央的手走進去。我們一走進電子音樂震耳欲聾的電玩中心，美央立刻瞪大了眼睛。

「簡直就像遊樂園……」

我把老爸給我的一千圓換了代幣，塞進美央手裡。

「玩玩看。」

「呃，要玩哪一個……」

我讓美央坐在「衝破火網」前。那是模擬戰鬥機駕駛艙內與敵機對戰的遊戲，可以控制操縱桿上下左右劇烈搖晃機台。用火箭砲射擊敵方導彈和戰機的快感令人欲罷不能，這是阿隆我最近愛到不行的機種。

戰鬥機隨著畫面從航空母艦起飛後大幅度傾斜，美央瞪大了眼睛。

「導彈，妳快中彈了，快快快！」

她把操縱桿向後拉，機身斜斜下降。美央雙手緊握操縱桿，急著以亂砲掃射導彈和火箭砲。

我幫她補充代幣時，環顧店內。

這裡沒有卡瑪爾教的殺手和看起來像「電鑽」的男人。如果像神祖麻所說的，「電鑽」的體格結實得像黑猩猩，在電玩中心裡也未免太引人注意了，很有可能在外面伺機而動。

美央玩夠了「衝破火網」，又挑戰F1賽車的機台。

我看著手表，接二連三地為美央感興趣的機台投入代幣。

十一點時，我對美央說。

「好了，我們走吧。」

「去哪裡？」

「去迪斯可舞廳。」

「真的嗎？」

美央再度坐上了NS400R。雖然新宿也有迪斯可舞廳，但還是去我地盤內的舞廳比較安全。

我們一路狂飆到六本木。

我帶她來到防衛廳斜對面，時下最熱門的舞廳「泰姬瑪哈」。這家舞廳對服裝檢查很嚴格，不過，還是憑著美央無可挑剔的品味和阿隆的面子順利過關了。

「到十二點為止。」

我向美央咬耳朵。

「十二點就要回家嗎？」

「會有人來接妳。」

美央十分驚訝，我抓起她的手開始跳舞。

圓形舞池隨著音樂的變化上下移動，舞廳內鐳射光亂舞，一些喜歡出風頭的女大生爭先恐後地擠在中央的「表演台」上。

美央並不是來自民風保守的國家，也不會說什麼「我從沒跳過舞」之類的話，她配合我的動作扭動身體。

我遇到幾個熟人，跑來對我說：

「阿隆，新面孔喔，看起來很清純嘛，在哪裡把到的？」

我隨口敷衍了幾句，就把他們打發走了。

我一邊跳舞，一邊觀察舞廳內的情況。有一個男人從剛才就一直盯著我們。

他的髮形是龐克風，身上披了一件長版皮外套，一隻耳朵戴了耳環，窄肩細腰的外形看起來很中性。應該不是「電鑽」，但他糾纏的眼神很不尋常。

雖然不知道對方的目標是我還是美央，但今晚還是避開為妙。

不知是否察覺我已經發現了，對方並沒有下舞池跳舞，而是緩緩地走在舞池周圍的圓形吧檯內。

此人絕非善類。

美央樂不可支地跳著舞。對方可能是卡瑪爾教派來的第三名刺客。

我看了手表一眼，還有二十分鐘才十二點。

我再度尋找那名男子。舞廳內響起了麥可．傑克森的〈*BAD*〉，舞池中擠滿了人，眾多晃動的腦袋擋住了視線，我找不到那名男子。

此時，傳來一陣喊叫。我猛然回頭，幾乎嚇破了膽。

美央竟然站在表演台上，似乎是不知不覺被人拱上去的。她的臉頰通紅，流著汗，興高采烈地跳著舞。

也未免太投入了——我很懊惱，但已經來不及了。

美央走下表演台之前，我幾乎快嚇死了。如果殺手混入「泰姬瑪哈」，就會清楚地看到目標在哪裡。

「阿隆！」

美央喘著粗氣，從表演台上走下來時大叫。

「公主，什麼事？」

「我好喜歡你！」

一陣電流貫穿了我的身體，我想笑卻笑不出來；我想跳舞，身體突然變得很沉重，雙腿不聽使喚。

我不是第一次聽到女孩子說這種話，但我實在笑不出來。我告訴自己「這樣不行」，卻不知道該怎麼辦。我神情嚴肅地看著她。

耳邊的聲音逐漸遠去，周遭人群的熱浪緩緩消失，我眼中只有美央。

在狂舞的人群中，只有我和美央一動也不動。我呆立，凝望著她。

彷彿中了魔法的咒語。

音樂變成了慢節奏的民謠。人群散開，店內的燈光暗了下來，舞池內只剩下情侶。

美央緩緩地靠了過來，我摟著她開始跳舞。

我口乾舌燥，無法順利說話，但我還是用沙啞的聲音說：

「公主，我也超喜歡妳。」

美央仰望著我。她的髮香讓我沉醉不已，當我聞到那股香味時，在多摩河堤時的疑問終於有了答案。

那是我在卡瑪爾教總部聞到的香味。

「好香。」

我好不容易擠出這句話，美央嫣然一笑。

「這是我離開萊依爾時，媽媽給我的香水，是用萊依爾特產的鮮花製成的。」

「怎樣的花？」

美央微笑著搖搖頭。

「我也沒見過，聽說萊依爾的森林裡盛開這種花。每年一到花季，就會有人送給我媽。這是特別為我媽製作的香水，所以，全世界只有我和媽媽用這款香水。」

咦？我差點叫出來，但還是把聲音吞了下去。那我在卡瑪爾教總部半夢半醒之間聞到的氣味是怎麼回事？

民謠結束了。美央的身體抽離，有點害羞地彎腰向我打招呼。

我頓時清醒，已經十二點零五分了。我想一直跳下去。我心痛地吶喊，但還是拉起她的手走向門口。

音樂再度變成快節奏樂曲，我撥開湧向表演台的人群，突然感覺背後的目光，猛然回頭。

那個耳環男正在吧檯角落低頭看著我們。

美央率先走下門口的階梯，驚訝地停下腳步。

因為涼介老爸正靠在牆邊等我們。

「冴木先生。」

「公主，我送妳回去。」

老爸笑得很燦爛，但美央臉上的表情消失了。

「阿隆，這是怎麼回事？」

她回頭仰望著我。我默默地聳聳肩，內心充滿歉意。

「阿隆還有其他工作要處理。公主，我們趕快走吧。」

「公主，請照我老爸說的去做。」

「但是為什麼……」

「請走這裡。」

老爸拉著一臉錯愕的美央，沿著樓梯走向逃生口。

「安排好了嗎？」

我對著他的背影問道。

「都完成了。」

老爸頭也不回地說。黏蟑屋作戰終於展開。

老爸停在「泰姬瑪哈」前的休旅車正好擋住我的重機，來往的行人看不到。機車後座坐了一個身穿白色禮服，頭戴著安全帽的身影。

我騎上機車，把硬邦邦的手指繞到自己腰上。

「抓緊了。」

對方悶不吭聲。我的NS400R駛了出去。

我先駛上國道一號線，因為騎車載人無法上高速公路，即使想要遠行，也只能走一般道路。

經過五反田進入國道一號，我加快速度。

按照計畫，首先攻占橫濱的「港見丘公園」。

私奔的情侶當然都要去海邊。

經過多摩川，進入神奈川縣，又過了川崎，直奔鶴見。只要到了鶴見，離橫濱港就不遠了。

穿越店家已打烊、不見人影的昏暗元町，我騎上了山手的坡道。這裡是適合殺手瞄準目標的絕佳地點。

經過「港見丘公園」旁，我在眺望得到橫濱港、情侶約會的地點停了下來，但沒有下車。

沒有人跟蹤，但敵人是A級職業殺手，一定會緊跟在後。

老爸說，步槍和手槍不同，需要時間瞄準。瞄準目標，至少需要五分鐘才能搞定。

我在那裡停留了大約三分鐘就離開了。經過費理斯女子學院前，看到曲折的坡道就往上騎。

之後，我不時在暗處停留一、兩分鐘。

（吊他胃口，讓他以為是機會，然後迅速離開。即使是職業殺手，再三遇到這種情況也會沉不住氣，就會使用強硬手段。）

老爸這麼說。

我停車時，四周響起蟲鳴聲。當我第四次停下來時，照後鏡中掠過前車燈的光。

對方跟上來了。

我騎下山丘，進入國道十六號線。經過磯子時，加快了速度。這段路和京濱快車道並行。

照後鏡中清楚地映現一對眼睛（車燈）。雖然看不清楚車款，但從山手之後，這對眼睛一直在後面緊咬不放。

經過金澤文庫，我騎向鎌倉的方向。墳墓旁的窄路上有許多隧道。

終於快到了。

我的目標在橫濱靈園旁的隧道。我加快速度，照後鏡裡的那對眼睛也緊追不捨。

我以極快的速度騎過彎道。上坡，下坡，彎道，彎道，下坡，彎道。每次騎到彎道時，雖然暫時看不到那對眼睛，但它絕對沒有消失。

我的背直冒汗。

前方就是隧道。我在直線加速，照後鏡的眼睛被我甩開了。

那是一個略有彎度的隧道，裡面沒有照明。

我騎進隧道後，立刻剎車。在停下的同時，把車燈熄滅了。

我迅速跳下NS400R，離開機車。

緊追在後的那輛車的車燈照進了隧道，司機應該發現了NS400R停在隧道內。

我身體緊貼著隧道彎道的凹陷，屏住呼吸。

隧道內響起嘰嘰嘰的剎車聲。

我略微探頭，一輛黑色的Prelude停在機車前方。

駕駛座的車門打開，因為逆光的關係，看不太清楚，只見一個人影下車，手上捧著什麼東西。

下一剎那，立刻傳來驚人的槍聲，NS400R後座上面那個白色禮服的身體被轟飛了出去。

被轟掉的頭連同安全帽大聲滾落在地，人影愣在原地。

強烈的照明打在那個人影身上。

是那個戴耳環的男人。從皮革大衣裡伸出來的那隻手拿著步槍。

照明來自突然出現在隧道入口的休旅車。

男人拔腿就跑，但照明照不到彎道的這一側。

休旅車發出低沉的呻吟前進。

男人趴在地上，俐落地舉槍發射。他瞇起眼，以超人般的速度操作扳機。

兩聲槍響聽起來好像只有一聲，他的槍法太精準了。休旅車的兩個車頭燈被打得粉碎，隧道內漆黑一片。

一眨眼的工夫，一對強烈的聚光燈再度將男子從黑暗中拉進光明的世界。

男子丟下步槍，以迅雷不及掩耳的動作從大衣內側掏出手槍，連開三槍，休旅車的擋風玻璃變成一片白色。

休旅車逼近男子。男子繞到Prelude的內側，連開了兩槍，準備衝進駕駛座。休旅車堅固的車頭撞向Prelude的車尾，男子的身體從駕駛座彈了出來。

男子跌到地面上，立刻翻身打滅了休旅車上的聚光燈。

其中一個燈冒著煙碎裂了，不一會兒，另一個燈也被打滅了。

當隧道又陷入黑暗後，再度被更強烈的光照亮了。

男子呆然而立。休旅車上總共裝了七盞聚光燈，剩下的五個同時點亮了。休旅車的車頂裝了三個，左右兩側的車窗各裝了一個。

男子立刻轉身朝向彎道，也就是我的方向跑來。我等待他跑過我面前，從靴子裡拿出扳手揮下。

隨著沉悶的聲響，扳手打中了男子的後腦杓，他手上的槍掉落地面，整個人頓時趴了下來。

「慘了，是不是死了？」

「別擔心。」

頭頂傳來老爸的聲音。他從休旅車下來，走向我。

他把趴在地上的男子翻過來。對方雙眼微閉，呼吸急促。

果然是他；就是在「泰姬瑪哈」的那個男人。

「是新的殺手嗎……？」

我嘀咕道，老爸搖搖頭。

「他就是『電鑽』。」

「但是——」

老爸撿起了男人丟下的步槍和手槍。

「這就是神組麻賣給他的毛瑟，這把是SIG的九釐米自動手槍。」

我驚訝不已，低頭看著昏死的「電鑽」。他和神組麻說的特徵完全不像。

（年約三十四、五歲，很壯，好像黑猩猩。）

神組麻之前是這麼告訴我的。

「神組麻不可能說真話，但他給了我們線索，只不過是完全相反的線索。因為神組麻沒有理由全力協助我們。」

「如果我真的相信，搞不好就被『電鑽』幹掉了。」

「那又怎樣？對他來說，根本不痛不癢。即使是完全相反的線索，線索還是線索。」

「真受不了……」

我很想一屁股坐在地上。

「趕快去收拾一下被打掉頭的假人，不要影響交通。」

老爸若無其事地說道。

為了假扮美央，特地向媽媽桑圭子借的白色禮服中間破了一個大洞。

「美央呢？」

「在大使館，和席琴太太、保鏢在一起。」

我把假人丟進休旅車，點點頭。

「這男人怎麼辦？」

「我打算把他交給島津，也許可以讓他供出些什麼。」

老爸坐上Prelude，準備把車子開走。

我聳聳肩，老爸把Prelude開到隧道出口。我抓起「電鑽」的雙手，扛在肩上，走向休旅車。這人哪是什麼黑猩猩，根本是營養失調的長臂猿。

我正打算把「電鑽」丟進休旅車的滑動門時，突然察覺有動靜。

隧道入口的暗處有兩條人影，正緩緩向我靠近。

是卡瑪爾教的那對男女。那女人拿著上次那只盒子，正對著我。

「喂，等、等一下——」

我聽到咻的聲音，看到毒箭朝這裡飛了過來。

前有毒箭，後有炸彈

女王陛下的打工偵探

1

毒箭無聲無息地刺進了耳朵下方。

但中箭的不是我，是被我用扳手敲昏的「電鑽」。

我立刻鬆開「電鑽」的雙手，滾進休旅車底下，同時大叫：

「老爸，危險！」

不知道正把「電鑽」的車開到隧道出口的老爸有沒有聽到。「電鑽」帶來的步槍和SIG的九釐米自動手槍還在車上。

世界上最遠的距離，就是槍放在我頭上的三十公分處，我卻拿不到。

我把鼻子壓在潮濕的地面上，窺探卡瑪爾教那對男女出現的入口。

沒有人影，也許他們正兵分兩路向我逼近。

躲過一劫，又來一難。

他們一定掌握了我和「電鑽」的行動。

這時，傳來一陣尖銳的引擎聲。「電鑽」的Prelude亮著白色倒車燈，以驚人的車速倒車。

Prelude來到休旅車旁時，立刻掉頭。Prelude的前車燈遠距光照亮了隧道入口。

我在Prelude車身的掩護下從休旅車底下鑽出來，手伸進敞開的車門，抓住「電鑽」的手槍。

Prelude駕駛座的車門啪地敞開了，老爸蹲在車內。

「接住，老爸。」

我把手槍扔了過去。

老爸立刻接住，在車門後觀察四周。

那對男女早已不見蹤影。

「他們去了哪裡？」

「不知道。突然冒出來，朝我發射毒箭。」

「看你的樣子，應該沒中吧。」

老爸沒有放鬆警戒，仍四處留意著。

「不，那倒未必。」

我跪在剛才扔下的「電鑽」身旁。

昏過去的「電鑽」，臉色由慘白變成了黑紫色，微張的嘴角流出冒泡的唾液。

喉嚨發出咕嚕咕嚕聲，身體突然僵硬了起來。

「慘了，快要『那個』了。」

「忍耐一下，這裡沒衛生紙。」

老爸的位置被休旅車擋住了，所以他看不到「電鑽」。看他還有心情搞笑，真受不了，又不由得佩服他的幽默。

「不是我，是『電鑽』。」

「中箭的是『電鑽』嗎？」

「對。」

就在這時，挺直身體的「電鑽」突然癱軟，「啪」地一聲，頓時一動也不動。

我輕輕觸摸「電鑽」耳環下的頸動脈。

毫無動靜。

老爸從車門後起身。他把手槍舉至腰間，隨時可以開槍。

「他們好像走了。」

「這位也走了。」

老爸低頭看著我的「電鑽」，皺了皺眉。

「死了嗎？」

「好像是。」

老爸繞過休旅車，蹲在「電鑽」旁，掀開他大衣裡的襯衫衣領，摸著他的左胸。

「沒錯吧？」

我問。老爸點頭，用力抿著嘴。

「他們一開始就不打算取你的小命，是衝著『電鑽』來的，他們來這裡是為了幹掉『電鑽』。」

老爸把雙肘放在燦爛陽光下的「麻呂宇」吧檯上說道。

眼睛好痛。這也難怪，因為在那之後，我們立刻用汽車電話找來島津先生和內閣調查室等一行人，陪他們搜索附近直到天亮。

等他們終於清理完現場，我和涼介老爸、島津先生來到「麻呂宇」，想喝喝星野伯爵的晨間咖啡。

島津先生的車子停在廣尾聖特雷沙公寓前，還有戴墨鏡的保鑣。

「所以，卡瑪爾教的殺手跟我們一國的？」

我強忍著呵欠，在吧檯前托腮問道。

「倒也未必，可能只是預防『電鑽』洩露委託人的名字。」

老爸喝著咖啡。

「但他們只對『電鑽』下手，並沒有攻擊阿隆。照理說，他們有足夠的機會用毒箭射阿隆。」

島津先生說道，我點頭同意。

「沒錯，他們有足夠的時間。」

「況且，他們曾經一度逮到阿隆，如果有敵意，應該會在問訊後滅口，但他們並沒有這麼做。」

「果然跟我們是一國的。」

「那為什麼會在機場殺了大使代理？」

「我也不知道。」

我回答，順手從老爸手邊摸走一根寶馬菸。

「喂，喂。」

「搞不好大使代理也參與了暗殺美央公主的計畫。」

啪！島津先生為我點菸時說道。

「有沒有這方面的消息？」

「目前還沒，正在積極調查。之前我也說過，大使代理懂得見機行事，一旦認為對自己有利，或許會協助殺手幹掉美央公主。」

「這麼說，卡瑪爾教的人是在保護美央公主？」

我問。菸抽太多了，喉嚨有點不舒服，我打算在二十歲以前戒菸。

「不排除這種可能性。」

「我搞糊塗了。」

「總之，目前幾乎對卡瑪爾教一無所知。如果以為他們和我們同一國，最後被『噗滋』的話就完蛋了。」

「自從阿隆發生那件事以後，我已經派人監視熱海的日本卡瑪爾教總部，但還沒接到有人出入的通報。」

老爸用力抓著冒出鬍碴的下巴。

「『保險絲』的情況怎麼樣？」

島津先生搖搖頭。

「躲得很好，完全沒有他的消息。」

「雖然隱居多年，但畢竟是頂尖的職業殺手。」

「他和『電鑽』不一樣，絕對不會手軟。一旦出動，搞不好不止公主一人出問題。所以，我們正嚴加戒備。」

「萊依爾國內的情勢怎麼樣？」

「查莫德三世的身體狀況每況愈下，大使館隨時可能降半旗。」

「真是怪了。」

老爸嘀咕著。他眉頭緊蹙，好像在思考什麼。那表情就像他有十足把握可以把到女人，卻被對方冷漠拒絕。

「怎麼了？」

「不……，目前應該沒問題。」

老爸岔開我的問題，站了起來。

「總之，今天白天美央公主一行人沒有外出的行程，那就請他們躲在大使館好好補眠吧。」

他打了一個大呵欠。

「大使館內部保證百分之百安全嗎？」

「沒有。不過，如果下一個上場的是『保險絲』，不管在哪裡都稱不上絕對安全，至少大使館的房子比『西麻布』堅固得多，即使被轟炸，也比較有機會活命。」

看到我聽了這番話的表情，島津先生安慰我說：

「別擔心，我們已經做好了萬全準備。」

「遇到大使館的問題，那些政府高層也不得不動起來了。」

老爸充滿嘲諷地嘀咕道。

我醒來時，已經下午三點多了，好久沒有睡在自己的床上了。我阿隆和涼介老爸不同，凡事都很細膩，睡在那家色情飯店的床上需要消耗極大的體力。

我喝著午後咖啡，探頭朝老爸的「淫蕩空間」張望。

原以為老爸會躺在床上鼾聲如雷，結果完全出乎意料之外。被大床和觀葉植物包圍的房間內空無一人。

難道他忙裡偷閒，爭取到充足的睡眠之後，就趕緊把握機會鑽進哪個溫暖的人肉被窩裡去了？

我跑去「麻呂宇」，也不見老爸的蹤影。只看到媽媽桑圭子正口沫橫飛地和一票歐巴桑老主顧聊天，星野伯爵正低頭編織蕾絲。

「醒啦？」

吸血鬼伯爵嚴肅地問道，接著從微波爐拿出親手做的牛肉蓋飯。

「老爸呢？」

「去大使館了，還說等你醒了之後，叫你也過去。」

想到美央，我的內心一陣抽痛。為了第一次黏蟑屋作戰，我們父子使出苦肉計，藉此博取美央的同情，不知道她有什麼感受。

如果她生氣——

我無意辯解，唯一的安慰，就是至少消滅了一個敵人。「電鑽」一命嗚呼固然失算，但想到美央很可能慘遭他的毒手，就覺得根本無足輕重。

想到這裡，我突然沒有食慾。看來，我還是不適合投入「跑單幫」的世界，不然就會像老爸之前對島津先生說的那樣，只從結果考慮生死問題。

老爸可能是討厭這種感覺，所以才遠離「跑單幫」的世界。

好，決定了。我暗自下定決心。

等這趟任務大功告成，我暫時不當打工偵探了，可能會很無聊，但我要徹底投入考生生活。

雖然有點為時已晚……

我只吃了半碗飯，就離開了「麻呂宇」。我回到事務所，設定好答錄機。

拿了NS400R的鑰匙，下樓到公寓後方，戴上安全帽，騎上機車。

背後突然有一個硬物頂住了我。

「不許回頭。」

那聲音很平靜，或者說是老頭子的聲音。他無聲無息地出現了。

「敢回頭，就活不到下一秒。」

他說話的語氣好像學校老師。

「請問是哪位？」

我悄悄把手伸向機車把手，如果突然騎單輪衝出去，不知道有沒有機會逃命？

「相信你應該知道，我是『保險絲』。」

那聲音在背後說道。我的背脊突然發冷，不應該因為美央不在就這麼大意。

我拿著鑰匙的手格外用力。

「我勸你趁早打消念頭，我拿的是槍身縮短的霰彈槍，即使稍微失準，你也會粉身碎骨。」

「知道了，要我怎麼做？」

「下車，再回家去，絕對不要有非分之想。」

我咬著嘴唇。「保險絲」的目標是美央，即使在這裡把我幹掉，對他也沒有幫助。

我緩緩下車，當我跨過車體時，看到照後鏡中出現的人影穿著白色大衣，戴手套的左手提了一個黑色皮包。

我看到「麻呂宇」的後門。星野先生和圭子媽媽桑都在店裡，如果我大叫，他們應該會聽到吧。不過，最後應該會出現這種新聞標題——

〈悽慘，廣尾大屠殺〉

我上樓，用鑰匙打開事務所的大門。

當我走到房間中央時，聽到「停下」的指令，我停下腳步。

背後傳來「滋」的一聲拉鍊拉開的聲音。「保險絲」該不會是急著想上廁所，才闖進「冴木偵探事務所」吧。

「安全帽拿下來，夾克也脫掉。」

不一會兒，響起一個和剛才不同的模糊聲音。

當時，我身上穿著黃色雙面飛行夾克，領口有釦子的襯衫，以及一件合身的燈芯絨長褲。

我緩緩脫下夾克。

「襯衫也脫了。」

哇！如果「保險絲」有這方面的嗜好，阿隆的貞操將陷入危機。

「還有裡面的T恤。」

我提心吊膽，不知道他什麼時候叫我脫褲子。

哐噹一聲，有什麼東西丟在我腳下。

是手銬。

情況相當危險。接下來會是鞭子，還是蠟燭？

「銬住自己。」

「呃，醜話先說在前頭，我有嚴重的便祕……」

呵呵呵。聽到他憋笑的聲音，我似乎取悅了他。

「動作快。」

冰冷的槍口抵著我的背。無奈之下，我只好撿起手銬，戴在自己手上。

「很好。」

身後傳來窸窸窣窣的聲音，「滋」的聲音應該是拉開皮包拉鍊的聲音。

一個冰涼的東西貼在我背上，我忍不住抖了一下。

「不許動。」

隨即傳來撕膠帶的聲音。膠帶固定我背上的東西後，拉到我的胸前。

「壓緊了，小心鬆脫。」

阿隆我只好乖乖從命。那是好幾種不同顏色的膠帶。

「很好，轉過來。」

我慢慢轉過身體。

站在我面前的男人，臉上戴了一個奇怪的面具。那是一個很可愛的半魚人塑膠面具，就是前一陣子流行的「半魚人」。面具上方露出一頭往後梳的蓬鬆白髮。

雖然他的面具很可愛，但他右手握著那把槍身改短的霰彈槍一點都不可愛。

白色大衣底下是三件式西裝，還繫著領帶。他的個子不高，頂多只有一百六十五公分左右。

他的雙手戴著手套，但一眼可以看出那隻左手是義肢。他用左手把鑰匙扔了過來，似乎是很精巧的電動式義肢。

「打開手銬，穿上衣服。」

「你想要我做什麼？」

「我會告訴你。」

我費力打開手銬，有那麼一剎那，我想用手銬丟他，但他似乎察覺到我的想法，往後退了一步，手上的霰彈槍瞄準了我。

我撿起T恤，穿在身上。背上好像貼了一塊貼布。

「你背上貼的是C－4塑膠炸藥和無線麥克風，也裝了無線點火式引信管。」

我就知道。

「引爆裝置在這裡。」

「保險絲」從大衣口袋裡拿出一個好像小型無線電收發報機的遙控器。

「只要我按下按鈕，你就會被炸爛。還有，膠帶上有穿脫式的引信管，一旦你試圖取下來，也會被炸爛。」

好想吐。

「電波可以傳輸到三百公尺以外。所以，即使我等你騎上機車看不到人影再按下按鈕，你也會被炸飛。」

我癱坐在老爸的捲門書桌上，拿起桌上的香菸，點了火。

「嗯，C-4很耐火，也耐衝擊，所以，不會輕易爆炸。」

「那麼，你有什麼吩咐？」

如果他以為我會背著這傢伙去找美央，那就大錯特錯了。

「你打通電話。」

戴著半魚人面具的男人指著書桌。

「打去哪裡？」

「樓下的店。」

「打去那裡幹什麼!?」

「少囉嗦，你打就是了。」

我慢慢撥了「麻呂宇」的電話。

「你好，這裡是『麻呂宇』……」

媽媽桑很難得地接了電話。

「我是阿隆……」

「啊呀，原來是阿隆。剛好，剛才涼介的朋友送來一個包裹，說要給你……」

我瞪著「保險絲」。「保險絲」用槍口示意我把電話掛斷。

「阿隆，阿隆——」

我緩緩掛上電話。

「樓下咖啡店也有一包和你背上一樣的東西，裡面裝滿了炸藥和五寸鐵釘，你應該知道一旦爆炸，會發生什麼後果……」

「保險絲」的聲音沒有起伏。

2

「我承認你已經成功地把我和『麻呂宇』變成了你的人質，你到底想要我做什麼？」

我拼命克制自己想要扯下他的面具、挖出他眼珠子的衝動。

「保險絲」的右手拿著霰彈槍，義肢拿著遙控器。

「兩個炸彈的引信管都會對這個遙控器發出的電波產生反應，即使你順利扯下貼布，也拯救不了樓下那些人。」

他冷靜地向我解釋。

我雙臂交抱，眼前似乎已經走投無路。

「我要你當我的送貨員，把我等一下給你的東西送給公主。」

「那東西也會爆炸嗎？」

「你知道也無濟於事。」

「就算我聽你的話，也沒有人能保證我和『麻呂宇』的人能夠得救。」

「我是職業殺手，」保險絲輕鬆地說道：「不喜歡隨便殺人。更何況殺了你們，也沒有人會付我半毛錢。」

「如果殺了美央，就有人付錢嗎？」

「明知故問。」

「保險絲」把霰彈槍放在地上，右手伸進皮包。

「別想輕舉妄動，雖然現在的產品講究高性能，但我的左手會對肌肉的些微變化產生強烈反應，到時候我就愛莫能助了。」

他左手高舉著遙控器。我頓時渾身噴汗，好像背上的炸藥在發熱。

「保險絲」從皮包裡拿出一個包著漂亮包裝紙、綁著緞帶的小盒子。

「你可以把這個送給公主。」

「這是什麼？」

「世界上最漂亮，也最危險的東西，只要打開一看就知道了。」

「只要一打開就會爆炸嗎？」

「你放心，只要你不亂來，不會傷及公主以外的無辜。」

「你真以為我會把這麼可怕的東西送給美央嗎？」

「如果你不想，那麼你，還有其他與公主無關的人小命就會不保。我會再考慮其他方法。反正公主非死不可，你難道不想減少不必要的犧牲嗎？」

我眼前一陣發黑，忍不住在心裡吶喊。

老爸，我該怎麼辦？

「保險絲」輕輕把小盒子放在捲門書桌上。

「等一下我們會離開這裡，你騎車，但必須隨時保持在我的視線範圍內。只要我看不到你，就會按下遙控器。我把話說在前面，我車上的發訊裝置可以發出比這個更強的電波，因此，無論距離多遠，都可以炸掉樓下的咖啡店。」

的確萬無一失。

「公主人在大使館吧？」

我用力頷首。

「你送完禮物後，就走出大使館，我在大使館外面等你。公主今晚有什麼安排？」

我立刻思考。

「要去了才知道，目前並沒有掌握她所有的行程。」

「保險絲」想了一下。

「就這麼辦。你送完禮物後，不必立刻走出大使館，但要用隱藏式麥克風告訴我公主晚上的目的地。」

我忘了還有麥克風。也就是說，不能向任何人提起這件事。我點點頭。

「我會等到公主走出大使館才結束工作。我向來喜歡親眼看到工作成果。」

所以，他會在美央經過他面前時按下遙控器。如果到時候沒有爆炸，我和「麻呂宇」就會被炸得面目全非。

「只要工作結束，我對你的性命不感興趣，你就自由了。」

「即使我自由了，只要試圖拆下來，不就會爆炸嗎？」

「保險絲」面具底下的臉扭曲了，似乎在笑。

「你身上有五條膠帶固定C－4，其中有兩條黏上了穿脫式引信管，我會用電話通知你是哪兩條，可以請你老爸幫忙把引信管拆下來。五條膠帶分別是紅、藍、黃、白和橘色，只要從正確的顏色開始拆，就不會有問題。不過，萬一撕錯膠帶，引信管就會引燃。」

「那『麻呂宇』呢？」

「不會有任何事發生。那是無線引爆的炸彈，只要我不按遙控器，那邊就不會發生任何事。」

我咬緊牙關。要為了美央一個人，犧牲圭子媽媽桑、星野先生以及不知情的客人，還有我的性命嗎？

「快去吧。」

「保險絲」催促道。

我拿起安全帽，整個人幾乎被挫敗感擊垮了。

萊依爾大使館似遠又近。

NS400R右側照後鏡可以看到車窗貼滿隔熱紙的銀色LUCE。LUCE的車尾豎起兩根天線，一根是電話天線，另一根是無線天線。「保險絲」可以在車上把我和「麻呂宇」的人炸得粉身碎骨。

這一刻，我詛咒萊依爾大使館位在東京的港區，而不是在荒川區或板橋區，或是更遠的千葉或埼玉。如果在這麼遠的地方，只要我騎得夠遠，「麻呂宇」的人或許還有機會得救。

也許我有機會打電話給媽媽桑或星野先生，叫他們立刻離開那家店。

但是，大使館就在赤坂，我只能乾著急。

LUCE停在大使館對面的小巷子裡，我走向大門。

島津先生說得沒錯，他已經加派警力在大使館嚴密戒備。

我想起「保險絲」的話。

（別想讓大使館的人阻止你，只要我察覺苗頭不對，就會按下遙控器。如果向別人求救，也會有相同的下場。即使你自己獲救，也別忘了「麻呂宇」的人會被炸碎。幫我送炸彈去「麻呂宇」的人正在那裡監視，只要有任何風吹草動，對方會立刻通知我。）

「找人嗎？」

一名機動隊員走過來，我向他出示都立高中的學生證。

「我爸在裡面，他是冴木偵探事務所的冴木涼介。」

我無力地說道。似乎有人打過招呼了，機動隊員立刻放行。

大使館的警衛也在一陣盤問後，讓我順利走進大使館。

「保險絲」應該聽到了剛才的對答。用將棋來說，就是把成金（註）送進了敵陣，他現在應該爽斃了。

走進大使館的建築物，一名操著一口流利日語的職員把我帶到會客室。

掛著水晶燈的大房間內只有美央、席琴太太和老爸，保鑣不在。

一走進房間，我立刻察覺氣氛有點僵。

美央表情僵硬，席琴太太也一樣。她們可能還在為昨天的事生氣。

「阿隆，來晚了。」

老爸站起來。他們正在會客室中央，面向暖爐的沙發上喝紅茶。

「嗯，路上有點塞車。」

「怎麼了？好像沒什麼精神？」

註：在將棋中，步兵突破敵方防線後，就可以升級為「成金」。

老爸偏著頭看著我。他這人在這種時候特別敏感。

「好像有點感冒了。」

「阿隆——」

美央開了口。我看著美央。她今天隨興穿了一件燈芯絨裙子和運動上衣。我跟身穿白色禮服的她在迪斯可相擁跳舞好像是一百年前的事了。

「昨天的事……」

果然不出所料。我閉上了眼。

「我誤會你和涼介先生，不知道你們為了保護我在拼命，只顧自己任性，只顧自己開心。」

「怎麼會——」

「在生我的氣嗎？」

怎麼可能？我正想這麼說，但還是忍住了。「保險絲」給我的小盒子在我的飛行夾克裡，裡面的東西足以殺死這個可愛甜美的女孩。我怎能笑著對她搖頭？

「就知道你在生氣。」

美央快哭了。

「不是……這樣。」

我努力擠出這句話。辦不到，無論如何都辦不到。我詛咒在車上偷聽我們對話的「保險絲」。如果，如果只有我身上有炸彈，絕對不會對他言聽計從。

我把手伸進外套口袋，摸到那個小盒子。

（見到公主以後，盡可能馬上交給她。只要你有任何不自然的舉動，我不會有半點猶豫。）

我拿出小盒子。

「怎麼了？」

老爸問道。

我想起圭子媽媽桑、星野先生，還有那些毫不知情的客人。

「禮物。」

我只說了這兩個字。

「給公主的嗎？」

我點點頭。美央頓時雙眼發亮。

「好開心，我可以打開嗎!?」

「我來開。」

我忍不住這麼說道。如果小盒子在這一剎那爆炸，只會炸死我一個人。

小盒子用金色和綠色的包裝紙包裹，繫著粉紅色緞帶。我故意拿著小盒子走到房間角落，如果會爆炸，至少可以遠離其他人。

我的手在發抖。

我輕輕拆下緞帶花，撕開包裝紙上的膠帶，慢慢打開包裝紙。

裡面是一個藍色天鵝絨盒子，是掀蓋式珠寶盒。

我口乾舌燥。打開蓋子的那一刻，或許是我和大家永別的時刻。

就算這樣也無所謂，至少美央不會因我而死。

我把手放在蓋子上，回頭看著其他人。大家屏氣凝神地看著我。

此時，會客室的門打開了。

我抬起視線，一個高頭大馬、滿頭銀髮、氣質不凡的老爺爺走了進來。他是萊依爾人。

「大使。」

老爸立刻站起來。我渾身汗流浹背，立刻把盒子放進口袋。

「大使，他是我兒子，冴木隆。」

老爸向我招手。

我在長褲上擦了擦濕透的手掌，握住了大使伸出的右手。

「隆先生，身為萊依爾駐日大使，我衷心感謝你和你父親盡力保護我國公主。」

大使和我握手時，用流利的日語道謝。說得好聽一點，一看就知道他是上流社會的人；說得不好聽一點，這個老爺爺根本靠不住。

「公主、席琴太太，在這裡住得還習慣嗎？」

大使微微欠身，用英語問道。

美央微笑點頭，但笑得很虛偽，跟我在一起的笑容完全不一樣。

「很習慣，大使，謝謝你。」

「不，這是我的榮幸。對了……，關於公主的晚餐……」

大使的舉止顯得有點心神不寧。

「日前你們已經光臨過這裡的晚宴，我剛才跟主廚談過了，他擔心沒有自信做出更棒的料理，所以，我不知道該如何款待……」

我終於了解了。大使想趕走美央一行人，言下之意，就是請他們到其他地方用餐。

「大使，沒問題。」

大使的話還沒說完，美央就搶先回答。那充滿威嚴的語氣令人吃驚。

「我剛才聽冴木先生說，新宿有一家萊依爾餐廳的菜色還不錯，我也有點想吃家鄉菜。」

「公主，不好意思。」

「沒關係。」

「公主，您打算住到什麼時候……」

「明天。」

大使露出鬆了一口氣的表情。

「是嗎？以您父王目前的情況，我認為這是明智的決定。」

「大使，你沒有資格說三道四。」

美央用嚴厲的語氣說道。

「是，恕我多嘴，我太失禮了。」

大使幾乎趴伏在地上。

「請您原諒。」

「算了。」

美央把頭偏到一旁。

「是，那我告辭了，請各位慢慢休息。」

大使滿頭大汗，匆匆打完招呼就走了出去。美央看著他離開，用力咬著嘴唇。

「大家都在想父王駕崩之後的事，他是間諜，誰都不能信。」

「公主。」

席琴太太提醒她。美央如夢初醒地看著我和老爸。

「對不起，阿隆，涼介先生，讓你們看到這麼難堪的事……」

我緩緩地搖搖頭。她承受沉重的壓力，平時表現得活潑開朗，完全感受不到這一點。渴望掌握萊依爾政權的人，紛紛想知道國王去世後，誰會坐上女王的寶座。如果我把那個小盒子交給她，女王的名字就永遠不可能是美央。

「阿隆，趕快給我看。」

美央那雙大眼睛亮了起來，恢復了原來的表情。

我吞了一口口水，誠惶誠恐地拿出已放回口袋裡的小盒子。

「拿過來這裡！」

美央拍了拍她對面的沙發。

我微笑著搖搖頭，但笑得很僵。

笑吧，這或許是阿隆最後價值連城的微笑。

手指碰到了盒蓋，我的指尖用力。

小小的絞鍊發出「吱」的一聲，蓋子微微打開一條縫。

神啊，請祢千萬別讓美央遭受波及。

蓋子打開了。

我閉上了眼，然後戰戰兢兢地張開眼睛，看著小盒子裡。

是胸針。

景泰藍胸針鑲了小碎鑽，景泰藍表面以金線勾勒出美人魚圖案。

「哇！」

美央倒吸了一口氣。

「太美了！」

席琴太太也喃喃說道。

真的很漂亮。

（世界上最漂亮，也是最危險的東西。）

我想起「保險絲」的話。的確很漂亮，根本不知道哪裡隱藏著致命玄機。

「趕快給我看看。」

美央恢復了小女生的模樣說道。

我搖搖頭，很想哭。

「快點，阿隆！」

美央焦急地站了起來。

「等一下。」

此時，老爸開了口。

3

美央和席琴太太納悶地看著老爸。老爸露出嚴肅的眼神。

「我們在這裡拖拖拉拉，會趕不上萊依爾餐廳的預約時間。不妨等一下吃飯，再來好好欣賞阿隆的禮物。」

老爸注視著我手上的禮物。我點頭如搗蒜。

老爸盯著我的眼睛，平靜地問：

「你的車停在哪裡？」

「大使館的前院。」

「是嗎？那晚一點再來騎吧，你去把我的休旅車開過來。」

「知道了。」

我把小盒子放進口袋。

「鑰匙呢？」

「在這裡。」

老爸走了過來。

我伸出右手想拿鑰匙，老爸抓住了我的手，摟住了我的肩膀。

老爸的手腕碰到了我的後背，立刻彈開了，好像摸到什麼發燙的東西。

老爸攤開我的右手，背對著美央她們，以指尖在我的手掌上移動。

「保・險・絲」

我點點頭。我抓住老爸的手寫字。

「麥・克・風」

老爸開口說：「那輛車的馬達有點狀況，你可能沒辦法發動，可能是之前撞『電鑽』的車撞壞了。」

「OK，那我跟你一起去牽車吧。公主，席琴太太，請妳們在這裡等一下。」

我們走出了會客室。

來到天花板挑高的原木走廊上，腳步聲格外大聲。

我抓住老爸的手原地踏步，老爸也有樣學樣。

我們這對有點年紀的父子手牽著手，在走廊上原地踏步。旁人看了一定覺得很不舒服。

「背．上．有．炸．彈」

我在他手心上寫道。

老爸豎起兩根手指。我搖搖頭，豎起三根手指，指了指飛行外套的口袋。

女傭推著一輛放有紅茶的餐車走了過去，莫名其妙地看著我們。

「保．險．絲．在．外．面．監．視」

我寫完後，老爸心領神會地點點頭。

他突然停下腳步。

「阿隆，我去上廁所，在這裡等我……」

「好！餐廳在新宿的哪裡？」

「西新宿的摩天大樓。」

「知道了。」

老爸故意踩著重重的腳步聲，隨後漸漸變得小聲。然後，指了指我的背後，做出唱KTV時手拿麥克風的動作，嘴巴動來動去。

我點點頭。

「『保險絲』，聽到了嗎？胸針還在我口袋裡，我們等一下要去西新宿摩天大樓的萊依爾餐廳，我會騎車過去。」

老爸默默地點頭。

怎麼辦？我看著老爸。老爸用力把頭一偏，意思是說：走吧！

看到載著老爸、美央、席琴太太和保鑣的休旅車駛出大使館後，我發動了機車。離開大使館時，我尋找LUCE卻沒看到他。「保險絲」可能聽到我們要去西新宿，搶先趕去那裡了吧。

我把炸彈一事告訴老爸後，稍微鬆了一口氣。他平時相當靠不住，但在關鍵時刻應該會保護美央和「麻呂宇」的人。

我阿隆已經做好了悲壯的心理準備。

老爸謹慎地開車，我也小心翼翼地跟在後面，避免太靠近休旅車。

天色暗了，從照後鏡反射的燈光裡，分辨不出哪一輛是「保險絲」的車。

休旅車駛入青山大道，在青山一丁目右轉，駛進外苑東大道，然後，在信濃町的慶應醫院前迴轉，再駛入新宿大道。

終於來到了新宿三丁目，休旅車左轉。老爸打算穿過南新宿再駛入西新宿。那裡也是車水馬龍的鬧區。

我沿著甲州街道行駛，來到準備右轉前往西新宿的十字路口時，一輛銀色的LUCE駛入我的NS400R和老爸的休旅車之間。車尾豎起兩根天線。

是「保險絲」的車。

「保險絲」一定要看到我把胸針交給美央，才能完成他的任務。

老爸的休旅車開進一棟剛落成的摩天大樓飯店的地下停車場。LUCE也跟了進去。我落在最後。

老爸察覺到「保險絲」的LUCE了嗎？

我渾身冒汗。

我把NS400R停在休旅車旁，LUCE不知何時已不見蹤影。他一定停在某個地方觀察我們。

不知道老爸有沒有通知美央他們。一行人走下休旅車，老爸帶我們走向通往大廳的電梯。

「阿隆，你先上去確認預約的座位，看一下有沒有行跡可疑的人。我帶他們去大廳的禮品店參觀一下。餐廳在三十八樓。」

「知道了。」

老爸顯然不想讓我和美央搭同一部電梯。萬一我們搭同一部電梯時，沉不住氣的

「保險絲」只要一按下遙控器，我背上的炸藥就可以讓他達到目的。

我搭上這家飯店引以為傲的透明電梯。電梯設在飯店的外牆上，可以從四周都是玻璃的電梯箱中看到四十層樓以下的空間。

我按了三十八的按鈕，靠在逐漸上升的玻璃牆上，全身已被汗水濕透了。

到了三十八樓，一走出電梯，映入眼簾的就是萊依爾餐廳的入口。兩名腰際纏裹印花布的服務生在門口等候，看起來像是萊依爾人。

店內光線昏暗，站在入口就可以看到窗外的夜景。餐廳內播放著萊依爾民謠，帶有一種哀愁感，室內散發出一股怡人的芳香。

我對著站在寄物櫃檯的一名黝黑男子說：

「用冴木涼介的名字預約的……」

「是，冴木先生……」

男子看著點了一盞小燈的桌上。預約簿上寫了很多像蚯蚓般的文字，看起來像是萊依爾文。

「有您的預約，在最裡面的貴賓包廂。」

「可不可以先讓我看一下包廂？」

「這裡請。馬摩特！」

他叫來那名裹著印花布的服務生，迅速用萊依爾語吩咐。這家餐廳的員工似乎都是萊依爾人或東南亞人。

「番迎觀臨。」

服務生用不太標準的發音對我說道，並帶我走進昏暗的餐廳。餐桌之間的距離很寬敞，中央放了一個巨大的冷卻器。大量冰塊上鋪放著龍蝦和不知名的魚、貝類及芒果等水果。

每張餐桌上都點著紅蠟燭，室內光線昏暗，幾乎看不見客人的臉。

「借邊請。」

服務生指向從門口直走進來右側最後面一間包廂的門，那是一扇竹編門，其實只能稱為屏風。

包廂內放著用整塊圓木製成的桌椅，還可眺望夜景。

我仔細檢查包廂內有沒有不尋常的東西。也許「保險絲」早到一步，已經裝好了一個炸彈。

毫無異常。

我朝服務生點點頭，走了出去，穿越餐廳，站在電梯廳內。

等電梯上樓後，我走了進去。

老爸會採用什麼作戰方法？關鍵時刻，可以犧牲我。

即使老爸決定這麼做，我也毫無怨言。姑且不論其他場合，如果是為了美央，我也沒有怨言。

我忍不住笑了。阿隆似乎真的對美央產生了柏拉圖式愛情。

我原本看著地面，不禁抬起了眼。電梯在兩條並行的透明管內交錯，我搭的電梯剛好和另一部電梯擦身而過。

由於四面都是玻璃，我看得到對方。

「保險絲」正在電梯裡。

一個身穿三件式西裝，拎著黑色皮包，一臉若無其事的男人站在上升的電梯內。他當然拿掉了「半魚人」面具，但一頭向後梳的白髮及手套完全一樣。他的右手插在上衣口袋裡，耳朵掛著耳機。

「保險絲」的身影迅速上升，看不見了。我忍不住把臉貼在牆上，仰頭往上看。電梯上升，底部的燈閃爍著。

「保險絲」上去的話……

原來是這樣。我恍然大悟。

雖然遙控器的電波可以傳輸到三百公尺外，在摩天大樓內卻派不上用場。同時，為了改善麥克風的收訊功能，他想盡可能靠近我。

「保險絲」一定想在萊依爾餐廳或附近伺機而動。

電梯抵達了一樓。

老爸和其他人坐在大廳的沙發上。我走過去說：

「樓上沒有異常。」

然後，我無聲地說出「保險絲」三個字，並指了指樓上，老爸點點頭。

「那你帶他們上去，我到車上『定時聯絡』後，就上去找你們。」

定時聯絡？我從來不知道有這件事。老爸似乎另有打算。

但是，我帶這些人去搭電梯……。我再度滿頭大汗。

我望著老爸的眼睛，老爸默默點頭。那根本就是麻將打到最後一圈，四暗槓單吊最後一張牌，只剩下最後一次機會摸牌的表情。

「好，公主，那我們走吧。」

我催促美央、席琴太太和保鑣，走進了電梯。

電梯緩緩上升。二樓、三樓、四樓、五樓……八、九、十……十四……十五……電腦顯示的樓層數字不斷變化。

我舔了舔嘴唇。背上的炸彈發燙，好像快燒起來了。

玻璃牆外，是林立的摩天大樓，玻璃帷幕反射出這部電梯的燈飾。

喀噔一聲，電梯突然停了下來。

我訝異地抬頭看著顯示板，電梯停在十八樓和十九樓之間。

「怎麼回事……」

接著，電梯裡的照明也啪地熄滅了。

「阿隆……」

「公主——」

美央突然把什麼東西塞進我的手掌。我拿了過來，從口袋裡掏出打火機點燃。

紙上寫著父親潦草的字。

「**我會讓電梯停下來，不要慌張，按緊急鈴聯絡維修人員。**」

怎麼回事？我看著美央浮現在火光中的臉。

「停電了，阿隆，我們被困在電梯裡了。」

美央緩緩說道。

但是——。我看了一眼另一部透明電梯。那裡亮著燈，電梯也在移動。

「保險絲」會發現這場意外嗎？如果他發現了，而且懷疑是計謀……

我按了緊急鈴。對講機裡傳來鈴聲。

「喂，喂，有人在嗎？電梯停了……」

「保險絲」有什麼打算？如果他現在按下按鈕，我們就會被炸得血肉模糊。我不希望發生這種事。

老爸，你到底在想什麼？

等了幾乎有一個世紀久的三分鐘後，終於有人回應了。

「請等一下，我檢查一下配電盤。」

聽到這個聲音，我恍然大悟。我在哪裡聽過這聲音。是島津先生。

老爸請求島津先生的協助，但問題是如何度過眼前的難關。

「什麼時候能修好？」

我朝著對講機發問。

「馬上，再等四、五分鐘。」

「請你們快一點……」

這是怎麼回事？我在黑暗的電梯裡俯視東京夜景。夜景很美，但身上背著炸彈時，並不想看到這風景。

「……好了，阿隆。干擾搞定了，你的炸彈安全了。」

對講機裡傳來島津先生的聲音。

「這是怎麼回事？」

「你搭的這部電梯內側的樓層發出強烈的干擾電波，所以收不到『保險絲』在樓上發出的引爆訊號。」

「那『麻呂宇』呢？」

「只要他不回到車上，電波不夠強，就無法傳輸到店裡。」

「太好了……」

「我的手下已經上樓去逮捕『保險絲』了，爆破小組很快就會趕過去。」

我靠在玻璃牆上，身體忍不住下滑。

「得救了……」

我從口袋裡拿出那枚胸針。這麼一來，美央就安全了。

「什麼？笨蛋！」

島津先生突然破口大罵，我手上的胸針盒子差點掉在地上。

「阿隆，聽得到嗎？」

我站了起來。

「聽得到。怎麼了？」

「剛才上樓的手下和我聯絡，『保險絲』逃了……」

白癡！蠢蛋！稅金小偷！

我在心裡咒罵著，但島津先生接下來的這句話讓我渾身發抖。

「『保險絲』搭了另一部電梯下來了，當兩部電梯靠近時，干擾電波就無法發揮作用！」

關關難過關關過，剛過了一關，又來一關。

「不能讓那部電梯停下來嗎？就像這部電梯一樣！」

「我正在弄！」

「阿隆！來不及了！」

美央大叫。我驚訝地回頭看著旁邊的玻璃管。

另一部電梯箱閃著燈光緩緩下降，和我們並排了。

「保險絲」獨自站在電梯內。

「阿隆，怎麼了？」

「『保險絲』來了。」

我的聲音聽起來一定很像活殭屍。

「慘了，消防組、電波組，動作快！」

我遠遠就聽到島津先生大叫。

「保險絲」伸手向操作面板，那部電梯喀噔一聲停了下來。他按下緊急鈕。

如今，兩部電梯並排停在平行的玻璃管內。

我們的電梯內一片黑暗，可清楚看到「保險絲」的模樣。

「保險絲」把黑色皮包放在地板上，從上衣口袋裡緩緩拿出無線遙控器。

他不僅聲音像學校老師，長相也很像。柔和的五官根本不像職業殺手。

「不要！住手！」

明知他聽不到，但我還是忍不住大叫，拼命拍打玻璃牆。

「保險絲」高舉右手的遙控器，故意讓我們看清楚。

他拉出天線。天線壓在玻璃管的牆上。

他的手指伸向開關。

「Oh! My God!」

席琴太太慘叫。

下一剎那，「保險絲」搭的那部電梯的玻璃牆變成一片白色。

「保險絲」瞪大了雙眼。他的眉心有一個黑色的洞。

「No！」

美央大叫，用手捂住了臉。

「保險絲」難以置信地望著碎裂的玻璃牆。

我也順著他的視線望去。

在對面大樓相同高度的樓層窗戶敞開著。

老爸出現在那裡，手上拿著「電鑽」的步槍。

「保險絲」的雙腿緩緩彎曲，眉心被打穿的孔洞噴出鮮血。

跪在地上的「保險絲」看著我們，努了努嘴，好像想說什麼。接著，遙控器從他手上滑落，掉在地上。

我看著「保險絲」把義肢伸向那裡。

他的手指碰到了遙控器。

我口乾舌燥，看著老爸，老爸從望遠鏡中看著我們。

「保險絲」的身體痙攣了起來。

接著就斷了氣。

4

「保險絲」死了，監視「麻呂宇」的「保險絲」助手也被逮捕了。

「麻呂宇」的炸彈和胸針不知被防爆小組拿去哪裡了。

但是，還剩下一個。

就是我背上的炸彈。

「『保險絲』說，五條膠帶裡有兩條黏了引信管。」

那是一輛有厚實鐵板的卡車，我坐在用好幾公分厚的鐵板製成的鐵箱裡。除了我以外，還有島津先生、老爸和身穿深藍色制服的防爆小組叔叔。

卡車緩緩地行駛在甲州街道上。

「怎麼樣？」

島津先生問正在檢查我裸露上半身的叔叔。

「只要用X光就可以看出哪條膠帶黏了引信管，但問題在於拆的順序。對方應該設定成只要拆的順序不對，也會爆炸。」

「用X光檢查不出來嗎？」

「這就沒辦法了。」

我快飆淚了。

「美央呢？」

我問道，試圖讓心情遠離這個悲慘的現實。

「去了島津安排的飯店。在新宿摩天大樓街發生了炸彈騷動，那些政府高層也不敢再囉嗦什麼了。」

我閉上眼睛點點頭。美央明天就要回去了，我最終還是無法帶她去迪士尼樂園。

但是，有朝一日。

美央一定會來日本留學。到時候，我們一定找得到機會約會。

終於，卡車搖晃著停了下來，我們到了內調專用的醫院。

後方的車門打開，我自己走進醫院。防爆小組的人手拿盾牌，在十公尺以外把我團團圍住。

我簡直成了人肉炸彈。幸好美央沒看到我這副慘狀，算是不幸中的大幸。

包圍我的隊伍散開了，老爸走了過來。

「被討厭的感覺怎麼樣？」

他的神經也未免太大條了。

「你要陪我嗎？」

「你好像遭到霸凌，讓人看了於心不忍。」

老爸語帶開朗地說道。我們一起走上樓梯，盾牌在前後包圍。

走進X光室。

技師在裝有強化鐵板的操作室內，用對講機對我發號司令。

「脫下衣服，趴在中央的床上。」

老爸雙手扠腰站在X光裝置旁，從口袋裡拿出口香糖，往我嘴裡塞了一顆，自己也吃了一顆。然後，雙手塞進長褲口袋裡，靠在牆上。

「你可以去外面等。」

「搞不好有什麼裝置會對X光產生反應。」

「所以你要跟我同歸於盡？」

他露出一臉賊笑。

我躺著的床吱吱咯咯地升了上來。放射線的鏡頭偵測著我背上厚實的貼布。

「好，可以了。」

一直垂眼看著地上的老爸抬起頭。

「怎麼樣？」

「的確有管線，是最上面和最中間的膠帶。」

對講機內傳來的不是技師，而是防爆小組叔叔的聲音。

「是喔。」

老爸嚼著口香糖走了過來。

在紅、藍、黃、白和橘色這五種顏色的膠帶中，只有紅色和黃色裝了引信管。

先拆哪一條？

「你覺得是哪一條？」

老爸問隔著鐵板窗戶的另一端。

「嗯……，只能賭運氣了。膠帶上黏了一個引信管，如果不是先拆下最後黏上去的那一條，前面那一條也會一起扯下來，到時候就炸了。」

「是嗎？」

老爸點點頭，立刻伸手。

他摸向最上方的紅色膠帶。

「等、等一下……」

「冴木！」

我和島津先生同時叫了起來。

嘶地一聲，老爸把膠帶拉了下來，內側有一條細電線。

我呆然地仰望老爸。老爸把膠帶揉成一團，丟在地上。

「老、老爸……」

老爸又若無其事地撕下另一條黃色膠帶。

「好痛。」

我為數不多的體毛被他扯了下來，忍不住慘叫。

「簡直亂來……」

防爆小組的叔叔驚訝地說道。

「沒這回事，一開始設定，應該會先固定炸藥的位置，也就是正中央。先黃後紅，這個道理顯而易見。」

「真的嗎？」

我坐了起來，撕下剩餘的三條膠帶問道。

老爸咧嘴一笑。

「只是憑直覺啦……」

「不知道公主他們有沒有吃飯？」

老爸開著休旅車說道。我們離開醫院以後，正準備前往島津先生安排的飯店。

飯店位在成田機場附近。

「對了，我超餓的。」

背上的重擔解除後，立刻感到飢腸轆轆。

老爸回頭看著我。

「你這傢伙也真有膽識。」

他驚訝地說道。

「虎父無犬子嘛。」

「那倒是……」

即將抵達新宿歌舞伎町時，休旅車突然放慢了車速。

「怎麼了？」

「你不是要送美央禮物嗎？」

「但是——」

我結巴了起來。聽島津先生說，那胸針的景泰藍部分是固定炸藥後再塗上顏色的，裡面藏著一個超小型引爆裝置。

由於胸針佩戴的位置，一旦爆炸，其威力足以奪走人命。

老爸把裝了警用燈的休旅車停在路肩。

「你給我聽好了，對女生來說，沒有得到原以為能擁有的禮物會很失望。」少在那裡裝懂。

「那我該怎麼辦？」

「你看。」

老爸努了努下巴。那裡有一家珠寶店，但鐵門已經拉下了。

「有什麼好看的……」

老爸拿起汽車電話，從懷裡掏出電話簿翻了一下，開始按號碼。

「你要幹嘛？」

「等一下……，啊，請問客人中有沒有一位楊小姐？啊？今天還沒來？好，謝謝。」

他掛了電話，又按了另一個號碼。

「喂，楊小姐在哪裡？對，可不可以請她聽電話……」

老爸向我擠眉弄眼。

「……喂，楊小姐嗎？是我。我是誰？妳聽不出來？我是妳的冴木涼介。」

老爸把話筒從耳邊拿開，我只聽到一個女人的聲音氣勢洶洶地說著一大串華語。

「我知道，我知道，妳不要生氣嘛。有件事想拜託妳，我會很感激妳啦，其實是為了我助理來拜託妳。」

助理？我用狐疑的眼神看著老爸。他似乎隱匿了有兒子這件事。

「他女朋友明天要出國了，所以他苦苦哀求我，說想送禮物給他女朋友……。對，所以，現在已經這麼晚了，正常的珠寶店早就打烊了。」

我的珠寶店不正常嗎？我聽到電話彼端傳來那女人的咆哮。

「別生氣嘛，小心氣出皺紋，毀了妳那張漂亮臉蛋。現在？我現在就在店門口，我等妳……。十分鐘？真的嗎？如果妳十分鐘沒到，我會生氣喔。」

「OK，我等妳。」

我張口結舌，說不出話來。他有沒有考慮到這麼做對高中生兒子會造成什麼影響？

他放下電話。

「喂──」

「你是我助理，懂了沒？」

老爸笑得很開心，從口袋裡抽出一張皺巴巴的萬圓紙鈔。

「正式的委託費要向島津申請，這算是危險津貼。」

「封口費呢？」

「我是為了你，特地把珠寶店老闆娘約出來。」

「那我要對她說，謝謝妳一直照顧我老爸嗎？」

老爸氣瘋了。

「你到底像誰啊？」

「當然是老爸啊。」

他嘆了一口氣，又抽出一張萬圓大鈔。

十分鐘後，一輛酒紅色捷豹XJS停在拉下鐵門的珠寶店門口。

從駕駛座下來一個穿著高叉旗袍的小姐。

旗袍小姐四處張望，老爸打開車窗向她打招呼。

「涼介！你這個花心大蘿蔔！」

旗袍小姐大步走來，雙手扠腰，挺著一對豪乳。

「你不是說只愛我一個嗎？結果一個星期不見人影，又跑去找哪裡的母貓!?」

「好啦，好啦……」

我從休旅車的副駕駛座跳下來，輕咳了一聲。

旗袍小姐把視線從老爸身上移向我。雖然濃妝豔抹，但的確是個大美女。無論是那對鳳眼還是高挺的鼻子，都是不可多得的美人胚子。

「哎喲。」

「他是我的助理阿隆，是他有求於妳。」

旗袍小姐從頭到腳仔細觀察我。

「五年以後記得來找我。」

「小心別被吃掉。」

老爸向我咬耳朵。這人在生意上似乎不怕危險。

「真拿你沒辦法，進來吧。」

旗袍小姐聳聳肩，從手上的小拎包裡拿出一串鑰匙，插進鐵門的鎖孔，咔啦咔啦地把鐵門往上推。

然後又打開玻璃門。

「嘿咻——」

她翹著漂亮的屁股，關掉門下方的警報器開關。

「有什麼好看的？」

她狠狠地罵了快流出口水的老爸。

一走進店裡，她立刻把燈打開，拍了拍手說：

「好了，要送給怎樣的女生？」

「十七歲，很高貴的千金小姐。」老爸說道。

「是嗎？日本人？」

我搖搖頭。

「那花俏一點也沒關係。戒指？項鍊？腳鍊？」

「不知道有沒有胸針……」

「胸針嗎？」

那位小姐皺眉，然後，表情一亮。

「有了，等我一下——」

她跑向裡面一間很像金庫的房間。沒問題吧？

當她跑回來時，手上拿著一個天鵝絨袋子。

「你看，這個怎麼樣？珍珠和十八K金，還有白金和鑽石點綴。」

哇，一定貴死了。

「多少錢？」

「在店裡賣十八萬。」

旗袍小姐似乎看穿了我內心的嘆息，問我：

「你身上有多少錢？」

「兩萬和五千圓。」

五千圓是我自己的。她重重地吐了一口氣。

「好啊，你帶走吧。」

「但是……」

旗袍小姐抓住涼介老爸的手臂。

「我要扣留你們所長一陣子，抵剩下的十五萬五千圓。」

「喂，等一下……」

我擠出一個燦爛的笑容。

「請盡情享用。」

「阿隆！」

「老爸，那休旅車借我。」

「老爸!?」

慘了。我腦袋裡閃過這個念頭，但為時已晚。那位小姐柳眉倒豎。

「涼介，這是怎麼回事？」

「我先走囉。」

我接過袋子，拔腿就跑。

「喂，阿隆，等一下。妳先放開我……，好痛，好痛啊！」

坐上休旅車時，背後傳來老爸悽慘的叫聲。我從照後鏡中看到老爸被揪著耳朵，拖上了捷豹車。

今天，我這個助理吃足了苦頭，所長也該體驗一下。

我開著休旅車駛向成田機場，中途去了趟漢堡店，將近十一點才到飯店。在櫃檯問了用島津先生的名字訂的房間號碼。

反正會有魁梧的保鑣守護，只要報上冴木隆的名字，他們應該會放行。

電梯停在美央住的十樓，櫃檯人員說，走出電梯往右走到底，就是她的房間。

來到走廊上，我有一種奇妙的感覺。整層樓寂靜無聲，只有傻傻的外行人才會以為這是理所當然的。

即使沒有說話聲和腳步聲，只要有人在，就會感受到人的動靜。

我雙手提著大漢堡袋在走廊上走著。

我站在美央的房間門口。

不禁心頭一驚。

門打開一條縫，裡面完全沒動靜。

我把袋子放在走廊上，騰出雙手，敲了敲門。

無人回應。遺忘的緊張感再度甦醒。

我推開門。門開了，門旁有一雙倒地男人的腿。

我走進房間。

美央的其中一名保鑣和一個看起來像是島津先生手下；身穿深色西裝的日本人躺在地上。

我跪在地上，用手指想探摸其中一人的脖子時，才驚覺他們耳朵下方有毒箭。我感到不寒而慄。

我摸了一下，還有脈搏。所以，應該是和我之前中的箭一樣，只是塗了麻醉藥。

「美央！」

我叫喚美央，卻沒有應答。

這是一間套房，裡面還有一個房間。

「美央！」

我再度呼喊她的名字，並轉動門把。

一踏進房間，我就聞到那股香氣。是美央的香水味，還有在卡瑪爾教總部聞到的香味。那是採用萊依爾森林特產的鮮花所製成的香水。

那股香味很濃郁，在空氣中飄散。在放了兩張床的房間內，席琴太太和美央的另一名保鑣昏倒了。

他們也在中箭後沉睡了。

美央不見蹤影。

慘了。我內心湧起無盡的懊惱，雙腿發軟。

我不應該因為幹掉了「電鑽」和「保險絲」就鬆懈。

我不應該忘記卡瑪爾教的那對男女。

我癱跪在地上，天鵝絨袋子從飛行夾克的口袋裡掉了出來。

我一路狂飆過來，滿腦子都是她的笑容，然而，我要送禮的人卻不在這裡。

美央被帶走了。

跑單幫客南行

女王陛下的打工偵探

1

「第三小組、第五小組已經就位。」

隨著一陣雜音，島津先生手上的無線電對講機傳來回應。

「第二、第四小組報告情況。」

島津先生把對講機放在嘴邊小聲說道。

「第二小組沒有變化。」

「第四小組，這裡很安靜，裡面似乎沒有人。」

「別大意！如果內部有諜報員，推測對方可能有數人，而且攜帶殺傷力很強的武器。如之前的指示，人質可能在裡面。可自由使用槍械，但盡可能避免傷到要害。」

「收到。」

「收到。」

對講機中傳來回應的聲音。

我和島津先生蹲在他的車子後方，注視著雜木林方向。

那裡就是蘑菇形的「日本卡瑪爾教」總部所在位置。

時間是凌晨三點多。

當我發現美央被人從成田的飯店綁走之後，立刻聯絡島津先生。家教席琴太太和保鑣被悄悄送進了醫院，接受治療。

診斷結果是，雖然沒有生命危險，但陷入深沉的昏睡狀態。

然後，島津先生帶著十名部下從高速公路飆到這裡。席琴太太和保鑣中了麻醉箭後陷入昏睡，代表綁架美央的歹徒就是在成田機場殺了萊依爾駐日大使代理的那對卡瑪爾教男女。

那對男女搶在我和老爸之前，殺了「電鑽」滅口。

我除了在機場、大使館和殺害「電鑽」的現場以外，只有在一個地方見過他們。

那就是在熱海的「日本卡瑪爾教」總部。然而，聽當地的警察說，這棟建築物已經荒廢了好幾年，裡面還鬧鬼。

這裡是唯一找得到美央下落的地方。

建築物內沒有任何照明，後方是一片黑漆漆的相模灣，只有零星幾盞看起來像是船燈的光。

風吹過雜木林，樹葉發出沙沙聲響。

都是我的錯。我始終咬著唇。繼「電鑽」之後，又幹掉了「保險絲」，才會這麼粗心大意。

老爸被新宿珠寶店的女老闆帶走之後杳無音訊，看來，在老爸鞠躬盡瘁、最後一滴精力被榨乾之前，對方不會輕易放過他。

然而，我只有在拆炸彈的那幾個小時離開美央，那對男女一定在暗處盯上了他們。

我犯下了無可挽回的錯。

美央。我在黑暗中想起她燦爛的笑容和那雙骨碌碌的眼睛，還有和我共舞時起伏不已的胸口。

拜託妳別出事。只要能救妳，我可以不計一切代價，到天涯海角也在所不惜。

「阿隆，振作一點。如果那些傢伙想要公主的命，當場就可以殺了她。既然會帶她走，就表示對她另有目的。她一定還活著。」

島津先生拍了拍我的肩膀說道。

是啊，我也希望如此。

如果他們敢動美央……，我就不惜變成殺人魔，把他們大卸八塊，挖出他們的眼珠，拔下他們的指甲，割掉他們的舌頭，把他們渾身的毛都拔光，然後用打火機燒爛他們的身體，讓他們後悔來世間走這一遭。

島津先生的十名部下兩人一組散開，包圍了蘑菇形建築物。所有人都拿著手槍和自動步槍。

「阿隆，我們走。」

我點點頭。我的靴子裡藏著扳手，只要有人敢擋路，我這把扳手就會好好伺候他的腦袋。

島津先生拿起對講機。

「第一組、第三組、第五組衝進去，第二組和第四組掩護。」

我站了起來。

島津先生跑了起來，我緊追在後。

雜木林裡都是體形壯碩、身穿防彈背心的叔叔。

兩個人先占據了大廳玻璃門兩側，又有兩個人推開玻璃門。

另外兩個人拿著強光手電筒照亮大廳。

大廳四周的走廊呈放射狀，最初的兩個人持槍進入大廳。

走廊的每個角落都有人警戒，四名幹員和島津先生，還有我走了進去。腳步聲在空曠的建築物內響起回音。

「第一組、第三組去二樓搜索，第五組和我們一起。」

島津先生下令後，從上衣內側掏出手槍。

第五小組的兩個人、我和島津先生依次搜索一樓的房間。我們推開門後，立刻跳了進去。

一個又一個房間裡面都沒有人。

我們四個人一起搜索了放射狀走廊盡頭的每一個房間。

終於，島津先生腰際間的對講機響了。

「這裡是第一小組，二樓沒有人。」

「好，第三小組留在原地，第一小組下來和我們會合。」

「是。」

搜索完所有房間後，我們在一樓大廳集合。

不要說美央，這裡甚至連一隻小貓也沒有，也找不到美央曾經被帶來這裡的痕跡。

這裡完全沒有人。

但是，我第一次來這裡時，那對男女也不知什麼時候，從哪裡冒了出來。

「好，」島津先生把槍放進腰間的槍套後看著我，「阿隆，你之前來過這裡，當時，在空無一人的建築物內遭到攻擊。」

「對。」

我點點頭，指著某處。

「我上二樓不久，聽到有人說話，就探頭張望，發現那對男女走進那個房間。當我追上去時，發現沒有半個人影，結果就中了毒箭。」

「是這個房間嗎？」

島津先生站在剛才已經搜查過的那個最靠近大廳的小房間門口。

「對。」

島津先生開門，用手電筒照亮房間。

這個水泥房間不到兩坪大。

島津站在中央四處觀察，命令那幾個拿著手電筒的男人：

「檢查一下。」

從內側關上門後，拿手電筒的男人仔細檢查牆壁和地板。這房間本來就不大，擠了四個大男人後，幾乎無法轉身了。

「應該有逃脫的機關。」

我也東張西望，但看不出哪裡有玄機。雖然覺得很蠢，但還是敲了敲牆壁。牆壁傳回扎實的聲音。

「副室長。」正在檢查門的男人回過頭說：「門把底下有一個按鈕。」

門把底下原來應該是鑰匙孔的地方，有一個塗成金銅色的小按鈕。

「難道是安全鎖？」

「按按看。」

「好。」

男人用力按下。

原以為什麼都沒發生，然而，下一剎那，地板開始下沉。

「喔！」

島津先生仰望著天花板，天花板也一起下沉。不知從哪裡傳來馬達轉動的鳴響。

「是電梯。」

其中一個男人用低沉的聲音說道。

「別大意。」

島津先生說著，再度舉起手槍。

「阿隆，退後，不要靠近門。」

整個房間緩緩下降。我想起之前也曾經聽過這種低鳴。

島津先生站在中間，兩個拿自動步槍和手電筒的男人站在門前。

隨著「咚」的一聲，房間停了下來。

喀答一聲。島津先生拉開手槍的保險栓，槍口對著門口。

另外兩個人站在門的兩側。我用力吸了一口氣，退到不妨礙他們火線的位置。

好安靜。門外悄然無聲。

島津先生輕輕點頭，站在門邊的男人輕輕握住門把。

槍口對準了門外。

轉動門把。

門緩緩向內打開，燈光立刻照向門外。

「衝！」

站在門邊的男人壓低身體，從門縫間衝了出去。拿著手電筒的男人也跟了上去。

什麼事都沒發生。

「這裡沒有人。」

島津先生緩緩放下槍，走到門邊。我也跟了上去。

燈光照亮了空曠的水泥地下室。

裡面只有兩個睡袋、熱水瓶和小桌椅。

手電筒光線尋找牆上的開關。一打開，天花板的日光燈照亮了房間。

桌上放著英文版的東京地圖。

「他們似乎把這裡當成基地。」

島津先生說。我走到桌旁。

其中一張椅子上放著摺好的衣服，是燈芯絨裙子和運動衣。

那是美央的衣服。

「這是公主的。」

聽到我這麼說，島津先生頓時回過頭。衣服上散發著那股香氣。

美央曾經被帶來這裡，然後換了衣服，又被帶去其他地方。

停頓了一下。

「副室長——」

其中一個男人叫著島津先生。他正在檢查地下室。

「有地道。」

牆面上有一小部分出現了被割開般的細線。

「推推看。」

那名部下以肩膀用力一頂，那部分頓時往裡面凹了進去。手電筒立刻照過去。

「有樓梯。」

「應該通往地面，他們就是從這裡繞到我背後。」

我說完，衝進牆壁裡，一股潮濕的臭味撲鼻而來，狹窄的水泥陡梯通向上方。

我沿著樓梯往上爬。樓梯幾乎筆直向上延伸，走了很久，地面終於出現了。在背後的燈光照射下，我發現那裡有一道鐵門，於是推開了門。

槍口對準了我，燈光照著我的眼睛。

「原來是你。不要嚇人嘛，你是從哪裡上來的？」

守在二樓的第三小組問我。

走出樓梯，我四處張望。這裡是瞭望台，面向大海的是一片玻璃窗，旁邊還有好幾張長椅。

回頭一看，我發現剛才走出來的那道門，是放消防水管的地方。

樓梯穿越一樓，直達二樓。

「這裡到底是怎麼回事……」

其中一個男人很生氣地嘟囔著。我終於搞懂為什麼背後會中箭的玄機了。然後，那些傢伙是在我中箭後審問我。

瞭望台布滿灰塵的窗外是一片漆黑大海。

我回頭看著從鐵門中走出來的島津先生。

「機場呢？」

「已經安排好了，出入境管理官手上都有公主的照片。」

「船呢？」

「船!?」

我指著窗外那片大海。

「只要用快艇繞到南方，就可以離開日本。從最近的台灣或香港，都有班機飛往萊依爾吧？」

「果真如此……」

島津先生咬著嘴唇。

「已經來不及了嗎？」

島津先生點點頭。

「阿隆，你為什麼認為公主會被帶回萊依爾？」

「如果像你說的，只是要殺她，根本不需要換衣服。如果要把她帶去別處，除了萊依爾以外，沒有其他地方了。因為公主在其他國家根本派不上用場。」

「但為什麼要帶她回國？」

「不知道。」

我搖搖頭，完全猜不出為什麼特地把美央從日本帶回國。因為美央明天本來就要回國了。

「總之，我會派人去檢查港口。」

島津先生轉身快步走下瞭望台的樓梯。

我坐在長椅上，呆然地看著窗外。

我痛恨自己保護不了美央。第一次覺得一個女生這麼漂亮，這麼惹人憐愛。然而，我卻無法保護她。

美央此刻一定在漆黑大海中的船上忍受恐懼和不安。她絕不會放聲大哭，她太驕傲、太高貴了，不可能放聲大哭。即使內心驚恐不已，也絕對不會在歹徒面前表現出來。她一定會用那雙大眼睛毅然決然地看著對方。

美央，美央。

眼淚幾乎奪眶而出。

我用力咬著嘴唇。冴木隆，現在還不能哭。

必須等到救出美央，把她抱在懷裡才能哭。

2

從成田機場出發後約六個小時，終於傳來廣播的聲音。窗外是一片雪白雲海，但幾萬英呎下方，已經是萊依爾茂密的叢林。

「本班機即將降落，請各位旅客將座椅的椅背豎直，並繫好安全帶。」

兩天前，美央被綁架的三天後，席琴太太打國際電話到冴木偵探事務所。

「冴木先生，有人想跟你談一談，我馬上把電話交給她，請注意禮節——」

席琴太太用英語說完後，電話彼端傳來流利的日語。

「請問是冴木涼介先生嗎？我是美央的母親華子，美央在日本期間，非常感謝你們的照顧。」

「王妃殿下。」

我也同時用分機聽電話。萊依爾國王的第二王妃華子的聲音有點低沉。

「恕我力有未逮……」

「不，請別這麼說。說到底，是我該負起讓女兒冒著危險去日本的責任。」

「公主後來有沒有消息……」

「目前仍然下落不明，綁架她的組織並沒有和我聯絡，在這裡，也只有極少人知道美央被綁架。」

「是嗎？」

「我今天打這通電話，是因為聽席琴太太說，冴木先生和令郎的偵探技術相當出色。」

「您的意思是……」

「目前這個國家處於極不穩定狀態，不瞞你說，我根本不知道該相信誰。相信你也知道最大的問題就是有關王位繼承的問題，背後的各派勢力紛紛使出渾身解數。國王陛下的子女包括美央在內，總共有五位公主，將從中挑選一位成為女王。」

身為外國人的第二王妃華子和混血公主美央必定承受不少壓力。

「我能理解妳的心情。」

老爸難得說話這麼正經。

「美央被綁架，應該和爭奪繼承權有關。我不曾有過讓美央當女王的念頭，只希望她能擁有身為女人的幸福人生，除此以外，我別無奢求。」

華子王妃哽咽了。老爸默默等待她的下文。

「……目前不知道美央是否活著，但如果她還活著，身為她的母親，無論付出再大的代價，都希望能救她。」

「我能理解。」

「冴木先生，可不可以拜託你幫我找美央？」

「去貴國嗎？」

「對。」

老爸看著我。我點頭答應。美央被帶走的那天晚上，我就打算去萊依爾找她了。

「我願意做任何我能力所及的事，即使剝奪美央的繼承權也無妨，不，如果要用我的生命來交換，我也不吝惜。請你無論如何救救美央，救救美央。」

「好，我答應妳。我雖不才，但只要做得到的，請儘管吩咐。」

「謝謝你……」

即使隔著電話，也感受得到華子王妃強忍著淚水。

「我讓席琴太太聽電話，詳細情況請和她討論。」

「請妳打起精神，公主一定會平安回來──」

老爸和席琴太太討論過細節後，掛上電話看著我。

「要去嗎？」

「那還用問？當然要去。」

「看來，你注定要當重考生了。不過，這一次和之前不一樣，沒有公權力的協助。華子王妃雖然表面上是王妃，其實應該孤立無援。」

「那又怎樣？」

老爸咧嘴一笑。

「願意為心愛女人賭上性命，你已經算是男子漢了。即使不上大學，也可以在社會上混下去。」

「萊依爾王國位在赤道以北約四百四十公里，是赤道旁的島國。人口約四百萬，幾乎集中在擁有大部分國土的首都那摩市。那摩周圍是叢林地帶，共產游擊隊RLF（萊依爾解放戰線）在那裡出沒，密教集團卡瑪爾教總部也設在那裡。兩者都是目前政權的對立勢力，最大的目的就是趁高齡且罹癌的國王查莫德三世駕崩的混亂之際奪取政權。

目前推動萊依爾政權的是卡旺總統。據說卡旺和第四王妃暗通款曲，關係匪淺。卡旺是親美、日派，但和第二王妃華子的關係交惡。據說卡旺曾經試圖接近華子，但遭到拒絕，之後兩人就水火不容。

政府內部還有另一個必須注意的人物，就是祕密警察長榮恩。榮恩是第一王妃的胞兄，當然希望第一王妃的其中一個女兒坐上女王寶座。但是，第一王妃的兩位公主中，其中一個身體孱弱，幾乎臥病在床，根本無法勝任。第四王妃的兩位公主中的妹妹，也被認為和女王的寶座無緣。這位伊奧娜公主和共產游擊隊RLF的年輕首領努姆形同私奔，離家後至今未歸。努姆雖然可以利用這一點挑戰政權，但他發表聲明，伊奧娜是他的妻子，與萊依爾皇室無關，和現行體制之間的奮戰會貫徹之前的方針。聽說努姆才二十幾歲，但美國CIA也認為他的領袖光環不容小覷。

有關卡瑪爾教的資訊嚴重不足，唯一得知的是武鬥派的色彩濃厚，雖然受到鎮壓，但信徒遍及一般民眾和政府的實力派。相關情報來源認為，無法判斷卡瑪爾教趁查莫德三世駕崩之際會採取什麼行動。」

巨無霸噴射客機在跑道上降落時，我闔上手裡的這份報告。那是我們從成田機場出發前，島津先生的一名部下送來的。

噴射引擎的逆噴射音越來越大聲，飛機在跑道上的速度也逐漸放慢，老爸終於睜開了眼。

他張嘴打了一個大呵欠，身上那套心愛的白色麻質套裝已經皺巴巴了，就連他費心帶來的巴拿馬帽也在腿上壓扁了。無論怎麼看，都覺得他只是個三流的走私販子。

「看完了嗎？」

他斜睨我手上的報告。我點點頭。

「用時代劇（註1）來說，卡旺就是蠻橫的家老（註2），榮恩就是對立的目付角色（註3），努姆就是伺機搞破壞的御庭番（註4）。」

「那卡瑪爾教呢？」

「嗯……，也許不完全正確，但有點像是和其他家老勾結的船務商行。基本上這麼想就沒錯啦。」

老爸輕鬆說完，解開了安全帶。

「每一個開發中國家都會面臨內憂外患，都有類似的問題。這種時候，用時代劇來比喻就八九不離十了。」

「那我們算什麼？」

「對喔，」老爸抓抓下巴冒出來的鬍碴說：「來路不明、窮困潦倒的流浪武士。」

我開始不安。無論怎麼看，這個人都不像是能幹的跑單幫客（間諜）。

那摩國際機場是一棟漂亮的白色建築，赤道的強烈陽光照射在路面上，冒著滾滾升騰的熱氣。

一下飛機，頓時渾身大汗。根據事先的聯絡，席琴太太會在海關外等候。機場內充斥著各式各樣人種。有古銅色皮膚的人，也有印度人、馬來人、中國人，還有白人和黑人。當地人嘰哩呱啦說著萊依爾語，簡直就像在吵架。

我把身上的飛行夾克綁在腰際，只穿了一件T恤，把行李箱從行李轉盤上拿下來。外國人入境幾乎不用檢查。

經過玻璃自動門，來到機場大廳時，熱氣氤氳頓時撲襲而來。

老爸用巴拿馬帽搧著開襟襯衫的胸口。

我們尋找席琴太太和之前一起來日本的保鑣身影。在擁擠的接機人潮中，根本找不到他們。

「阿隆！」

老爸在背後叫我。我順著他指的方向，終於看到了席琴太太。我向她招手，朝前邁

註1：以日本歷史為背景，敘述日本歷史事件和人物的戲劇。
註2：江戶時代，協助藩主治理藩政的重臣。
註3：江戶時代的官職，專門負責監管家臣的行動。
註4：一群武藝高強的密探，負責保護、警戒和偵察活動。

開步伐。

當我們終於擠過人群，走到席琴太太面前時——

一名穿著銀灰色西裝、皮膚黝黑的男子走了過來，擋在我和席琴太太之間。這麼熱的天氣，此人繫著條紋細領帶，戴著一副惹人厭的方形墨鏡，身高只到我的鼻子。

男人身後跟著兩名穿著深藍色西裝、戴墨鏡的壯漢。

「冴木先生嗎？」

他說話時語尾上揚，感覺很做作。

「是。」

老爸點頭，男人笑了笑，從西裝上衣裡拿出身分證明。

「我是祕密警察，奉榮恩警長之命來接你。」

我看著老爸。這幾天我都在聽FEN，聽力進步神速，可以應付基本的英語會話。

老爸聳聳肩。

「不好意思，我在這個國家不認識叫榮恩的。」

「很好，凡事都有開始。榮恩警長希望今天成為你們友情的起點。」

墨鏡男兜著圈子說話。

「如果我說不願意，會有什麼結果？」

那個男人再度笑了笑，那一口白牙好像是假牙。

「在這個國家，敢對榮恩警長說不的人屈指可數。至於外國人——更是絕無僅有。」

「是嗎？」

老爸戴上巴拿馬帽。席琴太太和保鑣似乎相當了解狀況，正不安地遠遠看著我們。老爸彎腰，拿起腳下那個使用多年的皮革行李箱。下一瞬間，擲向墨鏡矮個男。矮個男「呃」了一聲接住，但墨鏡滑了下來，露出一雙狡猾的黑眼睛。

「那就讓你帶路，當我的搬運工兼司機。」

矮個男憤恨地瞪著老爸。

「阿隆，走吧。」

老爸若無其事地向前走，矮個男慌忙把行李箱塞給跟班的壯漢，我也跟了上去。雖然是我老爸，但他的無所畏懼也令我自嘆不如。這世上到底有沒有讓他害怕的東西？

走出機場，門口停了一輛黑色賓士，車身反射著熱辣辣的陽光。車頭裝了一個蛇形圖案的徽章，我想起男人出示的身分證明上也有這個圖案，那似乎是祕密警察的徽章。

兩名壯漢坐在前座，我、老爸和矮個男坐在後座。車上的冷氣很強。

老爸悠然地蹺起二郎腿，矮個男坐在中間，如果不縮起身體，老爸的舊帆船鞋就會碰到對方熨燙得筆挺的長褲。

賓士車上路了。可怕的是，車上沒裝警笛，堂而皇之地無視號誌燈，超越前車，一直行駛在對向車道上。

馬路上的車幾乎都是日產或韓產的小型車，五〇西西的機車特別多。司機拼命朝前方一輛慢吞吞的三輪小貨車按喇叭。這裡基本上是左向行車，但在這個國家，似乎只要有路就可以隨意走。

馬路兩旁種著熱帶樹木，深綠色的樹葉吸收了陽光。

賓士以超過一百公里的時速在也有行人的普通道路上狂奔。

「在這個國家，有一句俗話叫『開車的人第二大』。」

我驚訝地看著車窗外，矮個男拍著褲腿對我說道。

「誰最大？」

「車主。」

原來車主和司機的地位大不同。

窗外出現了一片田園，路上的腳踏車數量突然暴增，頭戴草帽、肩上掛秤的「農民」變多了。

「我們很快就會進入那摩市。」

老爸換了另一個方向蹺腳。雖然我知道不太好，但我也蹺起了二郎腿。矮個男火大地抬頭看了我一眼，又開始拍打另一條褲腿。

行經田園風景後，車子駛入街道寬敞、兩旁大樓林立的地區。有些大樓老舊破爛，搖搖欲墜，有些可媲美新宿副都心的高樓，其中不乏瓦頂平房。建築物之間可勉強駛入一輛車的小路，像迷宮般蜿蜒曲折。

萊依爾語、漢字和英語的招牌聳立在交錯的電線之間；街上行人的穿著打扮也各異其趣。有西裝、開襟襯衫，也有T恤和坦克背心，雖然萊依爾語聽起來好像在吵架，但人們的表情和步伐很有南國的悠閒氣氛。

賓士車在這裡也大鳴喇叭，嚇走其他車子、腳踏車和行人。壯漢不時打開副駕駛座的窗戶，大聲咆哮，每次都有一股濕熱的風吹進來。

不一會兒，小型建築物逐漸減少，取而代之的是壯觀的大樓。同時，正面出現兩棟巨大的白色建築物。其中一棟周圍有草皮，還有一圈鐵柵欄；另一棟在建築物前方有噴水池，尖錐屋頂在陽光下熠熠發亮。

「有鐵柵欄的那一棟就是國王的宮殿，另一棟是議會和政府機關。」

矮個男解釋道。放眼望去這一帶都是白色。在這裡，美央不是十七歲少女，而是一位公主。她一定不曾躺在草地上吃霜淇淋，也不會在迪斯可的舞台上跳舞。

只要想到美央，就忍不住一陣揪心。幸好我已經來到萊依爾，為了救美央跨出了第一步。

守在大門口的士兵看到賓士車頭的徽章，馬上立正。車子行經士兵面前，在尖頂建築物前停了下來。整棟建築物有十二樓。

「請下車，我帶你們去見榮恩警長。」

巨大的玻璃門前也站著衛兵。矮個男一下車，衛兵隨即立正。

穿越玻璃門，前面有一條寬敞的長走廊，通往偌大的大廳。櫃檯前坐著身穿軍服的女人，有好幾座電梯。

一行人經過走廊，搭上電梯。矮個男很神氣地按了「十三」的按鍵。祕密警察的辦公室設在十三樓太理所當然了，根本不足以引起好奇。

電梯停了下來，一行人再度來到走廊上。一樓都是白色，有一種整潔感，十三樓卻是灰色，有一種昏暗的印象。

來到走廊盡頭的一扇門前，矮個男敲了敲門，裡面傳來一個女人的聲音。

門開了，矮個男把我們帶進去。桌前坐著一個看起來像祕書的女人，穿著和剛才那些士兵不同的黑色短袖制服，肩上也有蛇形圖案。

矮個男不知用萊依爾語說了什麼，女人點點頭，示意我們進去裡面的房間。

「請，榮恩警長在等你們。」

矮個男說道。老爸冷冷地點頭，那扇門打開了。

3

房間很大，從窗戶可以看到外面的熱帶樹木和鋪著草皮的皇宮庭園。另一側的牆面上掛了一整排手槍、步槍和自動步槍。

正中央的桌上有好幾支電話，一個理光頭、體形魁梧的制服男人坐在桌前。當他站起來時，腰際還掛著很大的槍套，應該是Magnum 44。他嘴裡叼著一根很粗的雪茄。

「歡迎，冴木先生和冴木二世。」他把雪茄從嘴邊拿了下來，用沙啞的聲音大聲說：「我是警長榮恩，要不要來根雪茄？這是從共產分子那裡沒收的哈瓦那雪茄。」

他打開桌上的木盒。

「那我就不客氣啦。」

老爸說著，拿了兩根，原以為他要分一根給我，沒想到竟放進了上衣口袋。此人雖然神經大條，卻很小氣。

「坐吧，冰啤酒馬上送來。」

榮恩不知何時打了暗號，話音方落，門就打開了，剛才的女人拿著罐裝百威啤酒和杯子走了進來。我和老爸在辦公桌對面的沙發坐了下來。

「冴木涼介，沒想到會在這裡和日本情報機構傳說中的特務見面。」

「這些老話就別提了，我這次來只是當個普通的觀光客。」

「很好。」

榮恩放聲大笑。

「如果你這麼想，真的當一個不動腦筋的日本觀光客，那就完全沒問題，這個國家也會歡迎你。」

老爸聳聳肩。

「我是這麼打算的，問題是我兒子想見他女朋友。」

榮恩的眼睛一亮，狠狠地打量我。他很壯碩，身高將近兩公尺。

「他不像我，個性很浪漫，一旦愛上一個人，就會徹底投入。身為家長，我不放心，只好陪他一起過來。」

「啪」榮恩一雙大手放在桌上，探出身體，盯著我的臉。

「小弟弟，很遺憾，你們門不當戶不對，我勸你還是早點忘了公主。」

「但我們說好要一起照顧寶寶——」

「什麼？」

榮恩瞪圓了眼珠子。

「已經有寶寶了!?」

我用力點頭。

「有人送我一隻約克夏寶寶……」

榮恩漸漸脹紅了臉。

「狗寶寶……」

阿隆我再度點點頭。

「我和公主約好，等她來日本時，我們要一起照顧。」

榮恩大聲用鼻子吸了一口氣，好不容易忍住了笑，收起下巴，翻眼瞪著我。

「果然是有其父必有其子，如果不小心腳下和嘴巴，當心受重傷。」

「**我嚇死了。**」我用日語說道。

「**看吧，都怪你多嘴，把人家惹毛了。**」

「**他好像很愛生氣。**」

「不許用日語交談！」

榮恩勃然大怒。

「你們聽好了，目前祕密警察正在全力尋找美央公主的下落，而且絕對不允許外國人插手！」

老爸從嘴邊拿下雪茄，朝他的禿頭噴了一口煙。

「別誤會，我只是希望兒子好好談一場戀愛，完全沒有妨礙你們的念頭。」

榮恩立刻露出冷酷的表情。

「冴木，你會後悔。」

「真不巧，自從有了這個兒子，我決定不再後悔，因為會沒完沒了。」

聽他鬼扯。

老爸站了起來。

「那我們就先告辭了，謝謝你的雪茄和啤酒。阿隆，走囉。」

榮恩瞇起眼睛，默默抬頭看著我們。我拿起還沒喝的百威啤酒。

「再見。」

「冴木，期待下次見面。」

他似乎又打了暗號，我們什麼都沒做，門就開了。

老爸回頭對他說：

「有事隨時找我，但一天收費兩百美金，必要經費另計。」

我們搭電梯到一樓時，席琴太太和保鑣正惴惴不安地在大廳等候。他們似乎從機場一路跟著賓士來到這裡。

「你們見到榮恩警長了嗎？」

老爸點頭回答了席琴太太。

「只是禮貌性拜訪，華子王妃呢？」

「正在皇宮等候兩位，得知你們被喬帶走，一直很擔心。」

「喬？」

「就是那個做作的矮個子。他是榮恩警長的手下，他的拷問手法最殘酷，人人聞之喪膽。」

「他會搔人家的胳肢窩嗎？」

席琴太太聽到我的話，露出很受不了的表情。

「阿隆，你小心一點，這裡不像日本那麼和平。無辜的人會在一夜之間變成罪犯，被判死刑。走進餐廳吃飯，搞不好也會遇到定時炸彈爆炸。」

「日本和平嗎？」

我搖搖頭。也許吧，但不包含冴木偵探事務所四周。

「有什麼不滿嗎？」

老爸搶過我手上的百威啤酒，打開拉環，灌進了喉嚨。

「喂，你太奸詐了，這是我的。」

「咱們不是父子嗎？幹嘛這麼見外。」

我嘆了一口氣。

「我真想當一個普通高中生。」

我們坐上保鑣開的車前往皇宮。

皇宮分為三棟建築物——中間是包括國王辦公室在內的辦公大樓，後方是國王的宅邸，旁邊是多位王妃的住所。也就是說，國王並沒有和五位王妃同居。

幾位王妃的住所有點像高級公寓，坐落在各樓層的各個房間，但她們分別從不同的門出入，彼此進出時不必打照面。偌大的庭園裡有水池、游泳池和動植物園。

我們的車子緩緩行駛在皇宮內的通道上，在王妃們的住所前停了下來。

「這裡就是華子王妃住的地方。」

雖說外形有點像高級公寓，但足以和日本豪宅匹敵，房間也不止十幾二十間。

我和老爸下車後，跟著席琴太太，在萊依爾宮女的帶領下，穿越大廳和走廊。華子王妃似乎不喜歡在住家放滿擺設，只有幾個地方掛著畫或用花瓶點綴。

最後，我們走到一間客廳，裡面的大沙發幾乎占滿整個空間，從窗戶可以看到庭園水池。對著窗戶的那一側玻璃櫃中掛了一件用大量金線和銀線刺繡而成的新娘和服。

另一名宮女送來冰紅茶和餅乾。不用說，房內的冷氣很強。

我啃著餅乾，喝著冰紅茶時，屋主現身了。

身材高䠷的女子穿了一件剪裁簡單的白色痲質洋裝。

「讓你們久等了。」

老爸拿起的餅乾還來不及送進嘴裡，看到華子王妃，甚至忘了起身。這也難怪，他一定以為美央的媽媽是一個四十幾歲的歐巴桑。

老爸的手停在張大的嘴巴前。

眼前這個姿色出眾的女人怎麼看都只有三十出頭，如果說她才二十幾歲，也會有人相信。

老爸的雙眼立刻閃現拉霸機的心形圖案。

「這、這，王妃……」

「冴木先生，隆先生，請不必起身。」

「不，這個……」

老爸趕快在西裝上擦了擦手，握住了王妃伸出的玉手。

王妃有一雙和美央一模一樣的眼睛，一頭及腰的直髮，嘴角有幾絲柔和的細紋，可以感受到她的年紀。

我也跟著父親握了握王妃的手。王妃只是輕輕一握，但那冰涼乾爽的手充滿誠意地握住我的手掌。

當王妃在我們對面坐下時，我才發現她眼眶下方因為疲憊和悲傷出現了黑眼圈。

「不好意思，因為我無理的要求，讓你們千里迢迢……」

「您一定很擔心吧？」

「謝謝，你們剛才見到榮恩警長了嗎？該不會——」

「您別擔心，我們在極友好的氣氛下聊了一會兒，您看，這就是最好的證明。」

老爸得意地從胸前口袋裡秀出雪茄。

「那就太好了，今天旅途勞累，你們先好好休息一下。這裡有客房。」

「不。」

我以為老爸在客套，沒想到他很堅定地搖搖頭。

「不管表面如何，榮恩並不歡迎我們的造訪。卡旺總統應該也一樣，不知道他們對我們有什麼看法，但我不希望發生什麼情況，會給王妃帶來麻煩。所以，我已經預約了飯店，打算住在那裡。」

「這——」

王妃漂亮的臉蛋蒙上了一層陰影。

「這不重要，重要的是趕快把公主救回來……」

一提到美央，王妃臉上露出深沉的憂鬱。

「美央……」

「她聰明開朗，冰清玉潔。在日本，除了我和兒子以外，認識她的人都對她讚不絕口。」

「美央是我的驕傲，是我的命。」

「國王知道公主……」

王妃緩緩搖頭。

「國王的身體每況愈下，一個星期前，我們幾個王妃輪流去探視他，現在只有醫生能見他，其他人都見不到國王。」

老爸若有所思地看著窗外。

「所以，目前知道公主失蹤消息的……？」

「只有榮恩警長，還有卡旺及身邊的人。」

我第一次開了口。

「有一件事想請教……」

「什麼事？」

王妃眼神溫柔地看著我。

「美央公主來日本時，您是否送了她香水？」

「對。」

「聽說是用萊依爾森林特產的鮮花製成的？」

「沒錯，是美央告訴你的吧？」

我點點頭。

「請問您知道這種花產在萊依爾的哪個森林？」

「這……」王妃垂下雙眼，「我只知道大概地點。」

「您的意思是？」

老爸也注視著王妃。

「自從美央出生後，每年生日，就有人寄來這種花。不知道是誰寄的，剛開始時，身邊的人都很不安，叫我把花丟掉，但因為香味太宜人，我並沒那麼做。」

「花沒有毒性嗎？」

老爸問道。

「當然，請了皇家大學的植物學家檢驗過，好像盛開在叢林深處，萊依爾語稱為『阿尤利亞』，意思是『夢幻之星』。」

「夢幻之星……」

「對，花如其名，很少人看過這種花，那位學者也很驚訝，說第一次親眼看到實物。文獻資料上說，這種花會開一整年，但幾乎不會結果。」

「所以，就連那個特定的產地——」

「但我隱約覺得，應該在萊依爾南部的叢林。那裡因為有共產游擊隊出沒，幾乎很少開發。」

「萊依爾南部……有多大？」

「不太大。因為萊依爾這個國家本身就不大，南部位於機場的另一側，對了……，大概和東京市差不多。」

「只有這麼小？」

我驚訝地問道。

「對，但政府軍和政府相關人員一旦進入，就會遭到RLF的游擊隊攻擊。他們精通地形，懂得利用密林巧妙藏身，政府軍也對他們束手無策。」

「卡瑪爾教的大本營也在那裡嗎？」

「聽說就在那裡。對萊依爾政府來說，南部叢林區是無法涉足的『聖地』，或者說是黑暗地區。」

「共產游擊隊和宗教團體和睦相處倒是一件有趣的事。」老爸說道。

「聽說RLF的領袖努姆和卡瑪爾教的精神領袖合作。」

「卡瑪爾教的精神領袖是怎樣的人？」

「好像是修行多年的僧侶團體，他們幾乎不踏出寺院，也沒有人看過他們，是傳說中的人物。」

「卡旺總統和榮恩警長沒有搜過那一帶嗎？」

王妃閉上眼睛，嘆了一口氣，表情很悲痛。

「他們應該很擔心努姆知道美央被綁架的消息。第四王妃的公主伊奧娜是努姆的妻子，他們不希望努姆對國王亮出王牌。」

「但是，對方可能已經知道了。」

「對，果真如此，努姆可能會殺了美央，或是把她當成人質。伊奧娜現在和皇室完全斷絕關係，但美央又另當別論。」

「所以，目前還沒有對叢林地帶展開搜索嗎？」

「……雖然卡旺和榮恩說會盡力找，但悲哀的是，我很難相信他們。」

我和老爸互看了一眼。

「老爸，只能放手一搏了。」

「好像別無選擇了。」

「你們的意思是？」

王妃問道。

「去叢林看看。」

「就你們兩個人？」

「只要裝備齊全，人數多寡應該不是問題。」

「這太魯莽了，簡直去送死。」

「但是，光是留在這裡無法營救公主，我們認為公主應該被卡瑪爾教綁走了。」

「卡瑪爾教？」

王妃瞪大了眼。

「但是，為什麼、為什麼綁架美央……」

「這就不知道了。」

「怎樣才……」

「可以麻煩您為我準備裝備嗎？」

「需要哪些裝備？」

老爸想了一下。

「可以麻煩您寫下來嗎？」

「好。」

王妃搖響了茶几上的水晶鈴，找來宮女。

「可以了嗎……」

王妃接過便條紙和筆後，老爸說：

「首先，需要一架直昇機，最好是能夠靈活轉向，續航距離比較遠的機種。有沒有飛行員都無妨，還有最新的地圖、指南針、手電筒、糧食、水、醫療用品、繩子、刀子，還有大刀。如果找不到大刀，斧頭也沒關係。還有……」

王妃專心地記著筆記。

「還有步槍和手槍，盡可能挑口徑比較大的。還有兩公尺鋼琴線……」

老爸繼續說著，我已經不去細想每樣東西到底能派上什麼用場。雖然之前在東京幹過不少危險活兒，但這次的情況和之前完全不一樣。老爸應該無意讓我們父子倆與共產游擊隊交手，不過，既然來到這裡，無論發生什麼事都不足為奇。

「──什麼時候需要這些東西？」

「越快越好，嗯，明天傍晚以前可以嗎？」

「我盡力而為。」

王妃語氣堅定地說道。

4

「阿隆……阿隆……」

有人搖晃我的肩膀，我張開眼睛，看到乳白色的天花板，卻沒看到總是對我微笑的玩伴女郎的巨乳。所以，這裡不是廣尾的聖特雷沙公寓……

「想尿尿的話自己去……」

「別說夢話了，閉嘴，趕快張開眼睛。」

我聽到老爸的竊聲細語，終於想起自己置身何處。我正在萊依爾首都那摩市中心的飯店客房內。我看了手表，凌晨三點剛過。

我忍不住嘆氣。這三天，為了這趟遠行的準備工作，幾乎每天只睡兩、三個小時。

昨天也到半夜十二點多才上床。

我一邊呻吟，一邊坐了起來。低血壓的人不適合當偵探。

老爸只開了夜燈，已經穿好衣服。牛仔褲和結實的馬靴，剪去袖子的運動上衣和Bomber飛行夾克。

「怎麼了？這麼早就要出門？」

我靠在床頭板上問道，努力和隨時都會黏起來的眼皮奮戰。

「正有這個打算——」

黑暗中，亮起了打火機的火光。老爸點菸吸了一口，再把菸塞進我嘴裡。他似乎打算把我叫醒。

「歡迎委員會來了，如果你再慢吞吞，就去不了叢林，而是去蹲苦窯了。」

我翻身下床，一邊穿牛仔褲，一邊跳到窗邊。

「小聲點。」

老爸的聲音從背後傳來，我撥開百葉窗。

面向大馬路的飯店門口停了幾輛黑頭車，其中一輛的車頂上閃著藍色旋轉燈。

「有聽到警笛聲嗎？」

這個國家的警笛聲和小鋼珠機台的電子樂一模一樣。

「不，他們來暗的，打算趁我們睡覺時突襲逮人。」

「以什麼罪名？」

我穿上背心問道。

「隨便找一個，只要丟一包毒品在我們的行李箱就搞定了。」

「真敢做啊，榮恩嗎？」

「不知道，也有可能是卡旺。總之，唯一確定的是，我們在這個國家不受歡迎。閃人吧！」

老爸從行李箱裡拿出登山包，把最低限度的必需品塞了進去，讓我背在身上。

「啊，等一下。」

我從自己的行李袋裡拿出小布袋，那是來不及交給美央的珍珠胸針。我把胸針也塞進登山包的底部。

「到走廊上，就別再說話。」

老爸說著，把門打開一條縫。亮著常夜燈的走廊上充斥著熱氣。

老爸走出去後，確認四周，用力傾了傾脖子，然後快步走向與電梯相反方向的逃生梯。

這家飯店有六層樓，我們的房間在四樓。當我們走到逃生梯門口前，電梯發出低鳴上樓了。

真是千鈞一髮。

老爸不慌不忙地轉動門把，探頭朝樓梯口下方張望。

「有人嗎？」

我悄聲問道，老爸點點頭。他把手伸進飛行夾克鼓鼓的口袋，拿出一只棉襪，裡面裝了一個圓形物體。我立刻發現那是飯店的大理石菸灰缸。

老爸穿著厚膠底靴，悄然無聲地走到樓梯口。我也緊跟著他走到樓梯口，同時聽到電梯停下來的聲音。

我咬緊牙關，無聲地關上通往逃生梯的門。

老爸踮著腳尖走下樓梯。

逃生梯位於建築物的側面，經過二樓的樓梯口，樓梯斜斜地延伸向建築物後方。

二樓的樓梯口有兩名配著槍套的制服士兵，他們穿著不同於祕密警察的淺藍色制服。難不成老爸打算用襪子撂倒那兩名士兵？果真如此，冴木父子就會成為萊依爾的通緝犯。

老爸已經走到二樓樓梯口正上方。

兩名士兵背對背站著，並沒有抬頭看上方。

老爸突然把腿勾在粗大的扶手上，上半身躍向扶手外。

他像蝙蝠一樣倒掛在扶手上，右手用力一擺，襪子因為離心力的關係命中其中一名士兵的後腦杓。

另一個人回頭的剎那，脖子被老爸的左臂勒緊。

老爸露出用盡全力的表情。那名士兵死命掙扎，但身體還是懸空。幾秒鐘後，老爸鬆開了手。

懸空的士兵碰地一聲倒在另一名士兵身上。

老爸用懸垂的要領換了手腳的位置，跳到樓梯口，我衝下樓梯。

「死了嗎？」

「不，只是昏過去。」

老爸調整呼吸，從兩名士兵的腰際拔出手槍。是點三十八口徑的左輪手槍。老爸在腰際插了一把，另一把則塞進我的登山包。

「好，走吧！」

當我們沿著樓梯走到地面時，頭頂上響起叫聲。抬頭一看，逃生梯的門口出現了好幾張臉正在往下看。

「快跑。」

老爸叫道。

一陣槍響，子彈打中了眼前的路。簡直亂來，他們沒警告就直接開槍了。

老爸跑在前面，我追了上去。

槍聲持續不斷。

老爸來到飯店大門時，突然靈機一動，打開停在那裡的警車車門。車上沒人，但有人在大廳警戒，察覺門外有動靜，幾名士兵立刻衝出大門。

「上車！」

老爸大叫一聲，打開副駕駛座的門。我往裡頭一鑽，老爸的右手從駕駛座旁的車窗伸了出去。

老爸握著從士兵那裡沒收的手槍，持續對空鳴槍。士兵抱著頭，趴在地上。

嘰的一聲，老爸左手搖著排檔。下一剎那，警車突然後退，然後掉頭。

老爸的槍再度噴火，我眼角掃到其他警車的輪胎破了。

「好，出發了。」

老爸說著，把打完子彈的槍從窗口丟了出去，猛踩油門。

警車風馳電掣般駛了出去。

「去哪裡？」

當心臟好不容易回到喉嚨下方的位置時，我問老爸。老爸開著警車，以驚人的速度駛過我們白天經過的幹線道路。

「去機場。」

老爸說著，從飛行夾克口袋裡拿出香菸點火。

「要劫機逃回日本嗎？」

「如果你想這麼做，我不會阻止。」

「開什麼玩笑？我才不想從一個平凡的考生變成國際通緝犯。」

「那就再享受一下旅行的樂趣吧。」

「在這裡嗎？」

「白天已經去了市區觀光，接下來享受一下萊依爾富饒的大自然吧。」

「要去叢林嗎？」

「不到一個小時以後，天就亮了，到時候就可以在空中散步了。」

「裝備怎麼辦？」

老爸聳聳肩。

「反正旅行總會有很多意外。」

他搶了警車之後，似乎還想劫一架直昇機。我從沒聽他說過會開直昇機，雖說他是經驗豐富的跑單幫客，但我對他開直昇機的技術還是十分質疑。

而且，叢林裡有令人聞之色變的共產游擊隊，還有毒蛇猛獸。我們身上只帶了換洗內衣褲，糧食也只有巧克力和罐裝可樂，要怎麼營救美央？

我覺得還是去萊依爾的苦窯蹲著，乖乖等島津先生來救我們比較妥當。後悔也無濟於事。自從認定這個人是老爸以後，阿隆就不再對平靜的人生抱有任何期待了。

一到機場附近，老爸彎進了田園裡的小路，關掉車頭燈。在昏暗中行駛不久，東方的天空漸漸泛白，斜前方出現了圍起的鐵絲網。

差不多有三公尺高的鐵網圍籬內是機場跑道。

「他們絕對在機場安排好了。」

「沒錯沒錯，拋棄天真的期待。」

老爸沿著圍籬一邊開車一邊回答，終於看到幾個魚板形狀的停機庫。大部分停機庫的鐵門緊閉，但也有敞開大門的，飛機可能即將起飛。

我們看到的都是單引擎或雙引擎的小飛機。

「非要直昇機不可嗎？」

「如果你不打算用降落傘就直接跳進叢林裡，應該哪一種飛機都沒問題。」

「那還是找直昇機吧。」

「而且，飛機的速度太快，很難發現我們要找的建築物。」

「我們要找的建築物？」

「卡瑪爾教的寺院。」

「了解。」

老爸在農田中央停車。

「似乎沒有停車庫開著，那就越過圍籬，邊走邊找吧。」

我和老爸下車，爬上圍籬，至少機場角落並非都有人警戒。我們在圍籬上方觀察時，跑道上沒有人影。

太陽升起後，氣溫逐漸上升。當我們越過圍籬時，已經滿身大汗。

我們橫越跑道，跑道出奇的寬廣。當我們跑到最近的停機庫時，老爸走向旁邊的門，從鑰匙孔朝裡面張望。

「不行，不是直昇機。」

老爸站起來說道。

他又跑向下一個停機庫，朝裡面窺探，但停機庫裡面都是賽斯那（Cessna）飛機。陽光照在跑道上，反射的熱氣烤熱了露出的肌膚。

連續看了好幾個停機庫，我們越來越靠近管制塔。繼續往前走，可能會被對方發現。此時，我抓住老爸的手臂。

「老爸，你看。」

距離管制塔只有五百公尺的停機庫前停了兩輛吉普車，穿著白色連身服的工作人員正把繩子綁在一輛吉普車上。

另一名工作人員緩緩移動吉普車，從側面的停機庫裡緩緩拖出一架直昇機。

「太好了。」

老爸雙眼發亮。工作人員把直昇機拖出來後，開著另一輛吉普車離開了，留下那輛和直昇機綁在一起的吉普車。

「這就叫來得早不如來得巧。」

「走吧。」

老爸說完，跑了過去。他緊貼著牆壁，在停機庫與停機庫之間奔跑。

終於來到那個直昇機的停機庫前。

我正打算跑向直昇機，老爸抓住我的手臂。

「等一下。」

老爸瞇起眼睛，注視著直昇機。

「感覺有詐，可能是陷阱。」

直昇機的防風罩是暗色玻璃，反射著陽光，看不清楚裡面的情況，四周沒有人影。

突然傳來一聲巨響。一架噴射機在背後的跑道起飛了。

「怎麼辦？」

老爸難得露出嚴肅的表情，目不轉睛地盯著直昇機。然後，緩緩開口說：

「即使是陷阱也要衝衝看。」

我從登山包裡拿出另一把手槍。

「給你。」

老爸沒有接，反而對我說：

「你拿著，放在屁股後面的口袋裡。」

「右邊？左邊？」

「左邊。」

我遵從了老爸的指示。

「好，你先衝。」

老爸拍著我的肩膀。我跑了過去。

這款直昇機的空間比我想像中更大，可以容納六個人。我從垂落的大螺旋槳底下鑽了過去，跑到駕駛座的門前。

「好，打開門。」

老爸命令，我用力拉開門把。

下一秒，槍口對準了我。

「早安！冴木先生！」

那個祕密警察：矮個男喬一臉奸笑地把一支小型衝鋒槍對準我的臉。

喬和另一個男人躲在三排雙人座的中間位置。

「冴木先生，我們等你很久了，裡面好熱。」

喬和上次一樣穿著絲質西裝，另一個人也是上次坐在賓士車上的壯漢之一，他拿著手槍。

「警長說，卡旺的部下根本逮不到你，所以要我來這裡埋伏。我們準備了香噴噴的乳酪，結果老鼠果然上鉤了。」

我舉起雙手，慢慢後退。

「所以，到飯店的不是祕密警察嗎？」

老爸在我身後問道。

「那是總統直屬的護衛部隊，我們和軍隊那些笨蛋不一樣，根本不需要那麼大費周章。」

「原來如此，卡旺在王妃她們的住所裝了竊聽裝置。」

喬咧嘴笑了起來。

「結果讓你引以為傲的西裝變得皺巴巴了。」

「大家都絞盡了腦汁。」

「我會加倍奉還的。」

喬露出雪白的牙齒。

「你們根本不想找到美央。」

我說道。

「榮恩警長希望自己的外甥女坐上女王的寶座。」

「原來如此，所以下一任總統會是光頭。」

「你下次在警長面前說說看，如果你舌頭還在的話——」

喬把衝鋒槍交給手下，再把右手伸進懷裡，緩緩從直昇機上走下來。他的右手從懷裡抽出來，在我面前一閃。

他拿了一把刀刃足足有二十公分長的彈簧刀。

「我就知道。」

老爸說著，搖搖頭。

「我就知道你是喜歡動刀的變態。」

喬迷起眼睛。

「我要割你的舌頭。」

正當他撲向我的剎那，老爸以迅雷不及掩耳之勢從我屁股後面的口袋裡抽出手槍，抵在喬的下巴。

「很遺憾，恐怕你的頭會先落地。」

喬瞪圓了眼睛，我從他手中搶下刀子。

「小心，別動，不然，你上司會變得更矮。」

老爸警告在直昇機上準備舉起衝鋒槍的壯漢。

「把槍放下，走出直昇機。」

老爸把槍口用力抵住喬的下巴，喬立刻用萊依爾語咆哮，壯漢只好乖乖從命。

「好了，還有沒有其他人在監視？」

老爸看著機身內部問道。

「我怎麼知道？」

喬踮著腳，尖聲回答。

「是嗎？阿隆，幫他的西裝設計一下。」

「OK。」

說完，我拿起刀子在他衣服上亂劃。先割下胸前口袋，再把領帶割短，當刀子碰到襯衫釦子時，釦子噗、噗、噗地彈了出去。

「住手，好，我說。在管制塔！管制塔上還有兩個人！」

老爸一把推開喬。喬撲倒在跑道上，壯漢把他扶了起來，恨恨地抬頭看著我們。我解開綁著直昇機和吉普車的繩子。

「你們別想逃！空軍會把你們打下來。」

「軍隊不是由卡旺掌握的嗎？」

我和老爸坐進直昇機的駕駛艙。老爸靈活地操作著，接二連三地打開很多開關，燈一個又一個亮了起來。

咻地一聲，螺旋槳緩緩升起，接著轉動了起來。喬和他的手下連滾帶爬地逃到螺旋槳外側。

「你什麼時候學會開直昇機的!?」

我大聲問道，以免被引擎的噪音淹沒。

「推銷百科全書的時候！」

老爸回答，握住了位在座位左後方，好像手剎車的操縱桿。

「你該不會是看百科全書學的吧？」

「答對了！」

老爸說著，把操縱桿用力一推。

下一秒，直昇機升上了天空。

密林追蹤

女王陛下的打工偵探

跑道在腳底下消失，終於看到一片映照著藍天的田園地帶。直昇機低空飛向南方。

「還要飛多久？」

「你是問距離還是時間!?」

老爸把無線電對講機從頭上移開，大聲問道。

「兩者！」

如果飛上天以後因為燃料用盡墜機，我可是會開心得哭出來。

「嗯……」

老爸看了一整排儀器一眼，右手握著腳下的一根桿子，左手握著像手剎車的桿子，腳踩踏板。

「如果加滿油還能飛三個小時，最高速度可以飛得更快，但一般的巡航速度只有一百到一百一十海浬，一海浬等於一百八十五公里，你算一下就知道了。」

一百海浬等於一百八十五公里，飛三個小時就是五百五十五公里。

「所以，油箱加滿了嗎？」

「只有三分之一。」

這人總是喜歡把最關鍵的話留到最後才講。

「所以，只能飛一個小時左右？」

「先飛了再說，反正我現在的時速是一百五十海浬，差不多再飛三十分鐘吧。」

「如果在此之前沒發現卡瑪爾教的寺院呢？」

「那就隨便找一個地方降落，接下來就靠父母給的兩條腿了。」

「一定很開心。」

「絕對開心。因為那是真正的叢林，比起溫泉的浴池太有震撼力了。」

這個人有正經過嗎？

田園地帶一下子就過去了，前方出現一條蜿蜒大河，越過那條河，就是叢林地帶。鬱鬱蔥蔥的綠意彷彿毛毯覆蓋著大地，把所有景物都隱藏起來。

這裡的林木長得不粗，但蔓藤和樹枝複雜地糾結在一起，彷彿林木之間結了一張大網，陽光幾乎照不進密林深處。

濃綠色之間不時閃現光芒。那是反射陽光的水面，也就是沼澤與河流。

太陽高掛天空，釋放強大的熱能。

我問著正在調無線電頻道的老爸。

「有沒有人追我們？」

「目前還沒有，但很快就會有了。」

「這架直昇機有武器嗎？」

「我口袋裡有菸灰缸，要不要拿去用？聽說第一次世界大戰初期，空中英雄都是丟磚頭。」

「有沒有像樣一點的？有沒有響尾蛇飛彈或麻雀飛彈？」

「沒有。」

老爸搖頭。

用來當誘餌的直昇機當然不可能裝滿燃料，還配備武器。喬之所以輕易放我們走，是因為他知道燃料很快就用完了，我們會在叢林正中央墜機。

「卡瑪爾教的寺院長什麼樣子？」

「不知道，不過，應該不會有很多大型建築物。運氣好的話……」

老爸突然住嘴，凝神細聽耳機裡傳來的聲音。

「怎麼了？」

「榮恩好像和軍隊聯手，正追過來。」

「呃！」

我貼靠著防風玻璃罩，蔚藍閃亮的天空中還看不到任何東西。

「噴射戰鬥直昇機，即使現在看不到，轉眼間就追上來了。」

「要不要降落？」

「他們已經用雷達偵測到我們的位置，只要用空對地飛彈轟炸那一帶，我們就一命嗚呼了。」

老爸拉起操縱桿。直昇機開始上升。

「如果從空中發動攻擊，我們就死定了。」

轉眼間，叢林變成一坨綠。頓時有一種胸悶感，比搭高樓電梯上升時更嚴重。

「多久會追上我們？」

「不用十分鐘，你注意看底下。」

我吞下湧至喉頭的苦味口水，拼命注視下方。

放眼望去，到處都是綠色綠色綠色叢林，以及遠方的地平線。

看不到任何建築物或顯示建築物的痕跡。然而，美央就在這片綠色叢林的某處。

我忍住想嘔吐的感覺，睜大眼睛。

「來了。」

老爸壓下右手的操縱桿，直昇機斜斜地向下滑後改變了方向。

右前方的藍天出現了兩顆黑點。

然後，漸漸變成乒乓球大小，形狀也越來越明顯。

那是閃著黑光的直昇機，一上一下，正飛向我們。

「會搖晃喔。」

「燃料呢？」

「可能不到十分鐘。」

我努力不去想後有追兵，必須找到寺院或能降落的地方。

直昇機再度上升，視野所及都是叢林。

不行。寺院四周一定用綠樹巧妙地掩飾，除非在正上方飛行，否則很難發現。

我咬緊牙關，朝上方瞥了一眼。

我倒吸了一口氣。

追兵的直昇機迫在眼前，可清楚看到反光的防風玻璃、機體兩側的飛彈發射管和機關槍。

我看不到另一架。

眼前的直昇機突然搖晃了一下，示意我們折返。

「他們說什麼？」

我問按著耳機的老爸。

「叫我們回去，否則就要把我們擊落。」

「好奸詐，我們根本沒武器。要不要把菸灰缸扔出去？」

「你先抓緊。」

老爸說完，將操縱桿往下壓，我們的直昇機突然以接近垂直的角度下降。在眼前盤旋的戰鬥直昇機驚慌失措地打了一個轉。

直昇機不斷下降，離叢林越來越近，可清楚看到每一條藤蔓、每一片樹葉。快撞到了。當我閃過這個念頭時，直昇機發出尖銳的聲響開始爬升。另一架戰鬥直昇機突然出現了。

就在我們側面。

它不知何時緊跟在我們後面，和我們一起急速下降。

如果我能活著回日本，再也不坐雲霄飛車了。不管是「飛越太空山」還是「自由落體」或「360度迴旋雲霄飛車」，相較之下那些簡直就像搖籃。

當我們爬升時，另一架直昇機直逼而來。

機關槍噴出火光。

曳光彈好像導彈煙火，噴出橘色火焰，掠過防風玻璃前。

他們試圖透過恫嚇射擊讓我們棄械投降。

老爸將直昇機掉頭，再度朝右斜方滑行下降。戰鬥直昇機緊跟在後。

陽光照在機體上，在叢林中清楚地留下三個機影。

橘色的箭光從左後方掠過機體，射向前方。

「他們玩真的嗎？」

「還沒。他們如果真的打算擊落我們，就會使用飛彈，一旦被裝有熱感應或紅外線追蹤裝置的飛彈攻擊，我們就無路可逃了。他們在陪我們玩。」

老爸用力一拉操縱桿。直昇機好像被踩了剎車，向後一仰，隨即在空中停止了。

尾隨在後的兩架直昇機轉眼間就超越了我們，巨大的衝擊力把我們的機體震得拼命搖晃。

「這一帶有沒有加油站？」

老爸問道。儀表盤亮起了紅燈，油用完了。

衝過頭的兩架戰鬥直昇機掉頭，從左右兩側包抄而來。

接著，將機頭對準我們，在空中靜止。我們和那兩架直昇機面對面在空中盤旋。

「這是最後通牒，阿隆，怎麼辦？」

一直聽著無線電的老爸問我。

「即使叫我們回去，我們也回不去。」

「不然問問他們能不能幫我們叫拖吊車。」

「好像來不及了。」

隔著防風玻璃，可以看到正面戰鬥直昇機的飛行員露出白牙。

他炫耀般地豎起手指，伸向應該是飛彈發射鍵的按鈕。

突然間，叢林中噴出橘色火焰。接著，一團紅色火球以拋物線的角度上升，命中了準備發射飛彈的戰鬥直昇機。

碎片在空中散開，下一剎那，戰鬥直昇機陷入失速狀態，冒著黑煙垂直降落，然後墜落在叢林中。

頓時冒出一團火光。

「怎麼回事？」

另一架直昇機的飛行員慌了手腳，驚慌失措地對耳機說話的同時，拉起操縱桿。

戰鬥直昇機急速上升，轉眼間就逃之夭夭了。

「發生了什麼事？」

「有人發射地對空飛彈，把它打下來了。」

「騎兵隊出現了嗎？」

「只要我們不在這裡落馬，就可以順利逃脫了。」

燃料表的指針已經打到底了。

「既然到了這個地步，要不要降落在樹上？」

「全身骨頭都會斷光光喔。」

直昇機持續緩慢飛行，老爸咬牙放慢速度，同時避免失速。

叢林的盡頭突然在眼前，前方有一片水窪和沙地，好像是乾涸的沼澤。

「那裡！」

在我大叫之前，老爸已經將機頭轉向那個方向。

轉動螺旋槳的引擎發出「咯咯咯」好像咳嗽的聲音。

「萬一是無底沼澤，也別怨我！」

老爸努力保持機體平衡的同時大叫。

直昇機一路搖晃著飛到水窪上空。

就在此時，引擎停止了，直昇機迅速下降，我渾身的血液都凝固了。

死定了。

就在我這麼想的那一刻，螺旋槳又咳咳咳地垂死掙扎了幾下，然後，直昇機的機體重重地著地。

泥水激烈地濺起泥花，防風玻璃上滿是污泥。不知道哪裡傳來「咻」的聲音，一股衝擊力從尾椎骨一直貫穿到頭蓋骨。

身體總算不至於支離破碎。

「太猛了……」

我呻吟著，撐起身體，看到老爸癱倒在儀表盤上，不禁嚇破了膽。

「老爸，老爸。」

我抱起他的肩膀。在最後降落的那一瞬間，他的額頭可能撞到了操縱桿或什麼，右眉上方撞傷了，正在流血。

我擦掉血，搖晃老爸。

「老爸，涼介老爸。」

老爸沒回答。我渾身噴著冷汗，摸了摸老爸的頸動脈。

我鬆了一口氣。他還有脈搏，至少還沒死。

我把老爸的身體從駕駛座上拉開，推著機艙門。

門一動也不動。剛才的衝擊導致門變形了。

我坐在老爸身上踹門。

一次、兩次。老爸呻吟著。

第三次，我使勁用力一踹，門終於開了。

機體陷入約一公尺深的泥濘裡。我滑過老爸的身體，跳進了泥沼。

兩腳咚地沉了下去，渾濁的褐色泥濘底部是柔軟的沙泥地。

我扶著老爸的脖頸、抓著他的雙手，把他從直昇機上拖了下來，扛在右肩上。

幸好這裡不是無底的沼澤。

我把老爸扛在肩上觀察四周。

這裡是乾枯沼澤的中央，直徑約五十公尺，四周幾乎被叢林包圍了。

潮濕的空氣和濃重的泥臭味撲鼻而來。

老爸很重。由於承受了兩個人的體重，我的雙腳陷得更深了。

我咬了咬牙，抬起右腳，搖搖晃晃地邁出第一步。

至少要在泥沼中走二十公尺，走到岸邊，才能讓老爸躺下來。

在泥濘中每走一步都很辛苦。泥漿濺到手臂和臉上，感覺特別癢。蒼蠅、蚊子和不知名的蟲子都聚集而來。

啪沙。我聽到水聲，忍不住停下腳步。水聲在泥沼外面，從直昇機另一側傳來。

我喘著粗氣，決定不去思考水聲是怎麼回事。眼下必須把老爸帶到岸邊。

如果我把這份毅力用在考試，搞不好閉著眼就可以考進東大醫學系。不，國立大學聯考簡直易如反掌。

啪沙啪沙的水聲不絕於耳。

我終於忍不住慢慢轉身。

我最先看到的是扁平的鼻子，後面隆起一坨黑色的瘤。

那個東西突然扭動身體，我以為是鼻子的部位原來是鼓起的嘴巴。那長長的尾巴拍打著水面。

鱷魚。足足有五公尺長。而且，有好幾隻鱷魚朝著這裡游了過來。

怎麼會有這種事？

費了九牛二虎之力躲過了飛彈和機關槍的攻擊，也走運地沒摔得粉身碎骨，沒想到後面還有鱷魚。

東大醫學系根本不在我眼裡，不管是牛津、劍橋還是哈佛，我都不屑一顧。

我眼裡只有鱷魚、鱷魚。

大約有七、八隻，看起來不太聰明的眼睛望著我們。

已經送到嘴邊了，牠們還沒張開血盆大口，顯然在考慮我適不適合當早餐。

「老爸！」

我搖搖他的肩，卻沒回應。他可能以為自己正躺在廣尾「淫亂空間」的床上。

算了，沒關係啦，反正等到他清醒，會發現自己不是抱著人肉被子，而是躺在鱷魚的胃袋裡。

我抬起右腿，向前踏出一步，抬起左腿……，向前踏出一步。啪沙，啪沙。

抬起右腿……，噗通！我在泥水中絆倒，把老爸甩了出去。

我慌忙抬起老爸的脖子，溺在這種泥沼中，恐怕很快就完蛋了。

老爸發出呻吟，吐出口鼻的泥水，痛苦地張開眼睛。他似乎察覺這裡不是「廣尾聖特雷沙公寓」了。

鱷魚繞過直昇機，距離跌倒的我和老爸只有數公尺遠。

最前面那隻鱷魚張開大口，稱不上清潔的嘴裡露出兩排尖牙。

「喔喔。」

老爸把目光集中在牠的嘴巴，忍不住跳了起來。

「阿隆，這些傢伙是怎麼回事？」

「你也看到了，就是鱷魚啊。」

「你把牠們找來的嗎？」

他還沒搞清楚狀況。

「我沒有鱷魚朋友。」

「那就請牠們回去吧。」

「要回去的是我們，我們搶了人家的地盤。」

那些鱷魚似乎無意放我們走。牠們迅速在水上散開，把我們團團圍住。

就在這時，槍聲響了。

2

水面濺起了一陣水花。濺起水花的子彈令鱷魚慌張地扭動身體。

槍聲再度響起，水面上冒起一整排水花。

鱷魚大驚失色，掉頭就跑。這真的叫做夾著尾巴逃了。

我雙手仍然撐在身後，仰頭看著上方。

幾個髒兮兮的迷彩服男子站在岸邊，手裡拿著AK47或M16等步槍，還有一個身穿卡其襯衫，背著子彈帶，好像土匪的大鬍子。

「站起來！」

最前面的男人用口音很重的英語大叫。他們的迷彩服沒有任何標識，每個人手上的槍也各不相同。

我和老爸終於站起來。四把槍立刻對準我們。

「如果你們敢動歪腦筋，小心一槍斃命。」

「好，別開槍，我們是日本人。」

「如果是政府的間諜，也格殺無論。」

「不是，不是。」

我和老爸輪流搖頭。

「不許說話！過來這裡！」

我看著老爸。老爸默默點頭。我們慢慢地（即使叫我們快也做不到）走向岸邊，兩隻手很自然地舉了起來。

來到岸邊以後，他們立刻過來搜身，還沒收了老爸插在腰際的手槍。

「日本人為什麼身上有槍？」

「警察在追我們，祕密警察榮恩和喬在追我們。」

聽到榮恩的名字，那幾個皮膚黝黑的男人臉上頓時出現緊張的神色。

男人仔細看著從登山包裡拿出來的護照。對方看起來二十出頭，瘦歸瘦，絕不是弱不禁風的體形。

「冴木涼介……」

「是你們發射了地對空飛彈嗎？」

老爸問道，男人沒有回答，表情冷漠地把護照交給他手下。

「跟我們走，你們要接受偵訊。」

「去哪裡？」

「去我們的前線基地。」

「我們？」

「**RLF**，我們是萊依爾解放戰線的士兵。」男人說道。

偵訊過程並不愉快。我們在叢林裡幾乎不算道路的路上走了將近一個小時，好不容易來到一間簡陋小屋，開始接受偵訊。

屋頂上鋪著棕櫚葉，從上空絕對看不到，天線也巧妙地緊貼著高大的樹木。

老爸接受偵訊時，我坐在小屋外。大鬍子用**AK47**指著我，以免我逃走。

一個小時後，老爸被帶了出來。負責指揮的男人站在門口說：

「等一下，我要請示上級。」

老爸坐在我身旁，我小聲用日語問他：

「你怎麼說的？」

「我說來這裡觀光，被祕密警察栽贓，所以被追捕，隻字未提委託的事。」

「他們相信嗎？」

「應該不信吧。」

老爸聳聳肩，然後用英語問監視我們的大鬍子有沒有菸。我們帶的東西全部被沒收了。

大鬍子搖搖頭。不知道是沒有菸，還是聽不懂英語。

「不知道會怎麼樣。」

「會帶我們去另一個地方偵訊，如果那傢伙不中意，就會把我們幹掉吧。」

「我就知道……」

在萊依爾似乎沒什麼人對冴木父子有好感。

一名年輕男子從小屋裡走了出來，似乎已經得到上級的指示。

「上級對你們很有興趣，想知道為什麼政府要派戰鬥直昇機追殺你們。」

他說完後，不等我們回答，就用萊依爾語發出指示。周圍幾個男人立刻把我和老爸前可能是擦汗布。

的手綁起來，接著，用臭不可聞的布條遮住我們的眼睛，在後腦杓打了結。我懷疑那以

「別動歪腦筋想逃走。」

像是槍口的硬物抵住我的下巴。

「只要你們想逃，我們會認定你們是政府派來的間諜處死你們。即使子彈打偏了，叢林對觀光客並不親切。除了鱷魚，還有蛇和其他危險生物正在等你們。」

我輕輕點頭，表示了解。無所謂了，即使現在逞強也救不了美央。

「走吧。」

背後被頂了一下，我邁開步伐。由於看不到腳下，只能小心翼翼地走，沒想到被用力一推。我們似乎排成一行，準備穿越叢林。對方為了避免讓我們知道地點，才矇住我們的眼睛。

他們顯然還沒決定要立刻殺我們。如果要殺我們，根本不用蒙眼睛。

想到這裡，內心湧起一線希望。在叢林中走的每一步，或許都在往美央靠近。我鞭策自己因疲勞和疼痛發出哀號的身體，繼續往前走。

好熱。濕氣和熱氣籠罩全身，好像在濃密的液體中前進。汗流浹背，遮眼布已經濕

透了。

我絆倒了好幾次，有一次額頭還撞到樹樁，痛得我忍不住飆淚。

那些人不許我們交談。況且，我也不知道走在前面的是不是老爸。

走了兩個小時，不，可能只有一個半小時，前方傳來號令。有人在我背後頂了一下，我停下腳步。好像是中途休息。

有人按著我的肩膀，我坐在潮濕的地上。全身又熱又癢，如果現在可以跳進冰水中，不知道該有多舒服。即使遇到鱷魚先生，搞不好也能當牠的親戚。

有什麼涼涼的東西放在我嘴邊。

「水。」

帶著泥土味的水倒進我嘴裡，我貪婪地大口喝著。

但他們還是沒拿掉我的眼罩。

我靠在樹幹上，伸直雙腳。放鬆下來時，幾乎快睡著了。這裡不是雪山，即使睡著了也不必擔心送命。

正當我昏昏沉沉時，有人粗暴地抓著我的肩膀，把我拉了起來。

「走吧。」

粗獷的聲音在我耳邊響起。我咬著牙繼續趕路，總覺得好像在做惡夢，但不是夢。

如果以為是夢，最後可能會送命——我這麼覺得。

全身都是瘀青，我已經不知道哪裡在痛了。

我想起了美央。

這不是為了美央。如果以為這是為了美央，就是自我欺騙。我是為了思念美央的自己才會在這裡。

我願意賭上性命，這是我對美央的心意，是為了貫徹喜歡美央的意志。否則，就會產生「我是為了美央付出」的錯誤想法，甚至很可能因此憎恨美央。不，不是這樣的，不可以這樣。我不是為了美央，而是為了深愛美央的自己在奮鬥。

痛苦可以磨練自我。一旦屈服，我就沒有資格愛她。這不是因為國籍不同或身分差異，而是愛的資格。

我一邊走一邊思考這些事，然後，突然撞到了前面的人。

一行人停了下來。

我喘著粗氣，努力克制自己別坐下來。又是中途休息嗎？

不知道從前線基地出發到現在，到底過了多久。我只知道現在還是白天，太陽仍然烤著地面。

不一會兒，有人抓住我的手；一語不發地拉起我的右手。

腳底下從積滿落葉的柔軟腐葉土變成了踩硬的地面。

接著，我聽到交談聲。有幾個人、幾十個人高談闊論。當我們走近時，交談聲停止了，但感受得到人的動靜。

我走過了默然不語的那群人。

也許這些人以為大餐送上門來了。也許我拿下眼罩，會發現前面放了一個裝滿沸水的大鍋。

沁涼的空氣吹拂著臉頰，眼前頓時暗了下來，我們似乎走進了建築物。我的腳尖踢到什麼東西，身體往前一衝。一隻手抓住我的肩膀，我才沒跌倒。我小心翼翼地用腳尖摸索，才知道那是樓梯。

走了四級階梯後，帶路的人要求我停下來。背後傳來關門聲。眼罩被粗暴地扯下來，雙手也鬆綁了。

那是一棟細長形的小木屋。

小屋中央放了一張長條桌，周圍擺著椅子，一個陌生男人坐在其中一張椅子上。膚色曬得黝黑，一頭短髮有一種職業運動員的整潔感。

他穿著卡其色連身裝，不知是軍服還是作業服，蹺著腿，一口白牙咬著濾嘴，濾嘴上插著一根沒點火的香菸。

老爸也被拿下眼罩，站在我旁邊。緊閉的門旁站著帶我們過來的那隊人馬的首領。

「累了吧？坐下吧。」

椅子上的男人用英語說道，雙眼散發知性的神采。

我們的行李攤在男人面前的桌子上。

老爸默默點頭，我坐在堅硬的木椅上，頓時渾身疲憊，雙腳快斷了似地，我摸著麻痺的手臂。

小屋內除了長桌子以外，只有另一張小桌子，屋內很整潔。

「要不要喝點什麼？」

「如果有冷飲的話，另外，再給我一根菸。」

老爸用沙啞的聲音回答。

「這位年輕人呢？」

「一樣的就好。」

男人向監視的人點點頭。監視的人把門打開一條縫，用萊依爾語朝門外大吼。

不一會兒，一個年紀和我差不多，穿著迷彩服的少年拿了兩罐可樂進來。

接著，男人從口袋裡拿出Zippo打火機和Lark菸盒，從桌上滑了過來。

「不必客氣，這種叢林深處也有可樂的自動販賣機。」

我拉開拉環，一口氣喝下半罐，手指頭仍然沒什麼感覺。

老爸點了菸，把菸盒和打火機拿給我。我也抽出一根點火，還給那個男人。

男人緩緩地點了濾嘴上的菸，啪地一聲，蓋上打火機蓋子，目不轉睛地看著我。

他的眼睛很清澈。雖然在叢林深處生活，卻完全感受不到這種辛勞。

「容我先自我介紹一下，我叫努姆，是帶你們來的RLF的領袖。」

老爸正準備開口，努姆制止了他。

「我知道你們的名字，冴木涼介和冴木隆父子，我沒說錯吧？」

「沒錯。」

「我問話不喜歡兜圈子，雖然有人說這是年輕氣盛，但我無意改正。我直截了當問你，來這個國家幹什麼？」

「來找老朋友。」

「原來如此，你的老朋友是……」

「在我回答之前，請讓我道謝。你的手下救了我們兩次，一次是政府軍的直昇機快擊落我們時，另一次是我們差點被鱷魚攻擊時。」

「鱷魚的事不必道謝，這裡的鱷魚叫格里安，和非洲或美國的品種不一樣，生性膽小，很少攻擊人。」

「原來如此，除了在動物園以外，很少這麼近距離看到鱷魚。當然，加工品例外，不過，加工品的價格也會嚇到我們。」

努姆笑了起來。

「有趣，我們言歸正傳。冴木先生，你的老朋友叫什麼名字？」

「華子夫人，在這個國家稱為華子王妃。」

努姆好奇地揚起下巴。

「是嗎？的確，她跟你們一樣，都是日本人。」

「是啊，我和她的關係並沒有特別親密，卻有人心生嫉妒。我說的是榮恩和卡旺。」

「他們倆也是水火不容。」

「也許吧，但可能是因為面對共同的情敵，所以決定聯手吧。我們被軍方和祕密警察追捕，才會劫了一架直昇機。」

努姆瞇起眼睛。

「很有趣，所以，你剛好會開直昇機？」

老爸點點頭。他總算沒說是看百科全書學的。

「這把槍又是怎麼回事？」

「是從在飯店打算抓我們的護衛部隊士兵身上搶來的。」

努姆收起下巴，凝神看著老爸。終於開了口。

「──在這個國家，祕密警察和總統直屬的護衛部隊令人聞之色變，無論跟哪一方作對，幾乎沒有人能夠生還。當然，我另當別論。你只是單純的觀光客，卻能從他們手上逃脫，還搶走手槍、直昇機。而且不是逃向海線，是逃進這個叢林，結果，你們父子就出現在這裡。冴木先生，你不覺得自己能力非凡，已經不算是單純的幸運嗎？」

「應該是我好人有好報。」

「就這樣!?」

「我敬老尊賢，也不挑食。」

努姆微笑，這次的微笑很懾人。

「你在日本是幹什麼的？護照上沒寫你所屬的公司或團體。」

老爸嘆了一口氣，背後傳來喀答一聲。那個監視的人看到努姆以眼神示意，便用槍瞄準了老爸。

「只有一次機會，如果讓我知道你說謊，你的腦袋就保不住了。」

努姆冷冷地說道。

「好吧，我是私家偵探。」老爸靜靜地回答：「我是受華子王妃的委託來的。」

「你兒子也是？」

「他還沒出過國，所以我也把他帶來了。」

「華子委託你什麼？」

「跟RLF沒有直接關係，我必須回答嗎？」

「請你回答，有沒有關係由我來判斷。」

老爸瞥了我一眼，我吸了一口氣。

「委託我尋找美央公主。」

努姆挺直了身體。

「傳聞果然是真的，聽說美央公主在日本被綁架。」

「是真的，她在日本的時候，也是由我負責戒護。」

「所以你搞砸了。」

「對。」

「日本人很有責任感。」

「並不是因為日本人，才有責任感。」

努姆點頭，嘴角泛起笑容。

「所以，你們飛來叢林是有目的的。」

「我認為美央公主被卡瑪爾教的信徒帶走了。」

努姆臉上露出一絲緊張。老爸繼續說：「聽說卡瑪爾教的寺院就在叢林裡。」

「那你們被祕密警察和軍隊追捕的事呢？」

「都是真的。榮恩和卡旺希望自己支持的公主登上女王寶座，為此，他們不希望找到美央。不過，華子並不想讓美央當女王，她只是身為一個母親，希望女兒平安。」

努姆沒有回答。

「我們無意干涉萊依爾的內政，我們只想找到美央，把她帶回去。」

努姆從攤在桌上的物品中拿起裝了珍珠胸針的布袋，把胸針拿出來，放在手掌上。

「這是誰的？」

「我的。」我說道。

「準備送給公主嗎？」

我點點頭。努姆看著我，終於開口說：

「我只見過美央一次，她是個聰明可愛的少女。」

「她是你小姨子。」

「不是！」

努姆突然咆哮，雙眼燃著怒火。

「伊奧娜已經和皇室沒有任何關係，她只是我妻子，你不許再提這件事！」

「對不起，他才十幾歲，涉世未深。」

老爸解圍說道。

「在這裡，有很多十幾歲的孩子已經拿著槍和政府軍對抗。在政府的暴政下，他們被奪走了居住的土地，沒有工作，過著貧困的日子。這個國家的豐富資源都用在一小部分有錢人身上，這個國家有數萬名孩子無法接受教育，甚至要為每天的食物煩惱，這些都是國王和支持國王制的當權者造成的。」

「但不能因為這樣就眼睜睜看著美央送死！」

我大叫。在一旁監視的人把槍口對準了我。

「她出生在皇室並不是她的錯，即使這國家的政治有問題，也不是她的錯。」

令人驚訝的是，努姆點點頭。

「你說得對，我也不認為這是美央的錯。我娶伊奧娜為妻之後，對於皇室多少也有些了解。」

「我想救她，我老爸也一樣，我們的目的就是這麼簡單。」

努姆深深吸了一口氣，閉上眼睛，露出微笑。

「雖然你看起來深受軟弱資本主義的毒害，但很有膽量。」

他睜開眼睛。

「等一下會決定怎麼處置你們，在此之前，你們在這裡等。」

他起身帶著監視的人一起走出小屋。門關上後，傳來咔嚓一聲插上門栓的聲響。

3

過了將近兩個小時。期間，護衛帶著少年送來可樂和好像咖哩飯的食物。米粒很鬆散，淋在上面的黏糊糊咖哩是用魚肉和雞肉煮成的，早、午餐都沒吃的我立刻吃得精光。轉頭一看老爸，他也吃得一粒不剩。這個神經大條的人，當然沒有什麼事可以讓他喪失食慾。

「真懷念『麻呂宇』的咖啡。」

抽著飯後菸的老爸說道。聽他這麼一說，突然覺得自己來到很遙遠的地方。

「他們打算把我們關到什麼時候？」

我坐在桌上，老爸斜坐在椅子上，雙腳擱在桌上。這是他最拿手的姿勢。

「不知道，但絕對不會一輩子。他們沒那麼多錢養我們一輩子，不是殺了就是放了，反正只有兩條路。」

「殺我們的理由是什麼？」

「不需要理由，對游擊隊來說，這裡是戰場，只要有一絲懷疑，認為我們是間諜，就可以殺我們。比起讓我們在這裡浪費糧食和空間，還不如用兩顆子彈解決省事多了。如果用刀子或繩子，甚至連兩顆子彈的錢都省了。」

「真是充滿希望的預測啊！」

「現在慌張也沒有用，這裡應該是RLF的總部，周圍的人不是士兵就是他們的家人，根本沒機會可逃。」

我搖搖頭，伸手拿菸，老爸立刻說：

「喂，所剩不多，省一點抽。」

不知該說他神經大條，還是該罵他小氣。我想他應該有多次被「拘禁」的經驗。小屋沒有窗戶，只有天花板上懸著一顆燈泡。手表已經被沒收了，完全不知道現在是白天還是晚上。

不久，老爸伸著腿閉上眼。我們的確累了，況且現在除了睡覺，也沒其他事可做。我離開桌旁，走到小屋的角落，坐在地上，靠著角落的牆壁，屈膝抱著雙腿。全身還在隱隱作痛，但慢慢就會消失。我把額頭靠在膝蓋上，注視著地板。

不久，便昏沉地睡去了。

聽到開門聲，我醒了過來。抬頭一看，發現努姆帶著兩名士兵走了進來。戶外夜幕已降臨。

兩名士兵手拿著槍。

「休息夠了嗎？」

努姆語帶嘲諷地說道，難道想讓我們長眠嗎？

老爸不知何時已經移到桌子的另一側，坐在那裡。

「結論似乎出來了。」

老爸回答。我覺得口乾舌燥。

「出來了。」

努姆用低沉的聲音說完，揮了揮右手，兩名士兵走了過來。終於要畫上句點了嗎？

兩名士兵把帶來的東西放在桌上，那是之前從我們手上沒收的東西。

努姆說：「卡瑪爾教的寺院在距離這裡南方三十公里遠的地方，沿途的叢林幾乎沒有路，但有一條河。只要搭船順流而下，到那裡不需要花太多力氣。我們有地圖，不過不能給你，否則你會知道這個基地的位置。」

「所以你們打算放了我們？」老爸問道。

「這是很符合邏輯的判斷。榮恩和卡旺想置公主於死地，表示公主繼承王位的可能性很大。我們RLF目前的實力還無法完成革命，所以，在查莫德三世死後，如果由榮恩和卡旺支持的公主繼位，成為目前與我們對立的新女王，將會對我們很不利。」

他看著我說：

「當然，伊奧娜的姊姊也不是完全沒有繼承的可能性，但伊奧娜的母親和卡旺暗通款曲，萬一伊奧娜的姊姊繼承了王位，卡旺就會成為終身總統。我們痛恨卡旺的惡政和榮恩的白色恐怖，只要有機會，不惜用任何手段幹掉這兩個人。」

「原來是這樣。」

老爸坐在椅子上文風不動，繼續抽菸。在我睡覺時，他可能把菸盒裡剩下的菸都抽完了，所以嘴上叼著一根變形的菸。

「你們不是和卡瑪爾教關係良好嗎？」

「我們互不侵犯。共產主義否定宗教，但我認為在萊依爾，不可能排除所有宗教。真正的革命主義者思考必須更有彈性。」

「即使我們營救了美央，她也未必能當上女王。即使她當上了女王，也未必會感謝你。」

人家已經要放了我們，老爸卻說這些不中聽的話。

「我們不認為自己是罪犯，所以也不需要女王的赦免或感恩。不管是美央或其他人都一樣。當我們革命成功時，除非皇室的人流亡國外，否則格殺無論。」

努姆措詞嚴厲地說道。

「很好。」

老爸站了起來。

「所以，你的意思是，即使卡瑪爾教和RLF的關係交惡也無妨。」

努姆露出微笑。

「冴木先生，即使你被卡瑪爾教的僧兵逮到，應該也不可能說出這裡的事。」

「是嗎？為了保命，我可能什麼都肯做。」

「我知道你和你兒子都不會說，你們賭上了性命，不是為了國家或政治主義，而是為了自己的驕傲。」

老爸嚴肅地盯著努姆的眼睛，然後，移開視線說：

「請帶我們搭船吧。」

努姆說的河流是一條蜿蜒的泥流，茂密的樹枝和蔓藤恣意伸展，從上空俯瞰，會以為這條河比實際上小。流速不快，由於光線昏暗，再加上河水渾濁，很難猜出有多深。

我們跟著兩名士兵在叢林中走了將近一個小時，終於來到河岸。那艘船只能勉強容納兩個人，老實說，湘南的「海之家」也可以租到更像樣的船。此刻沒有船槳，只有兩根削尖的樹枝。

士兵扶著船身，我坐上去後，等待老爸上船。帶路的其中一名士兵就是早上那個大鬍子。

「要多久才知道走了三十公里？」

老爸問另一名正在收拾綁船繩的士兵，大鬍子用流利的英語回答：

「聞味道。靠近寺院時，會聞到『阿尤利亞』的香味。」

「阿尤利亞」就是「夢幻之星」，美央擦的香水就是用這種花製成的。

「你會說英語？」

大鬍子笑得很得意。

「我加入RLF之前在萊依爾大學研究十九世紀的英國文學。」

「那為什麼會來這裡？」

我問。大鬍子搖搖頭。

「在這個國家，文學拯救不了老百姓。對貧困的孩子來說，狄更斯或王爾德不如一碗米重要，就這麼簡單。」

老爸跳上船後，大鬍子把繩子和什麼重物丟了過來。

我接過之後嚇了一跳。原來是手榴彈，插銷當然沒有拉掉。

「只有一把槍會很不放心吧。再見囉。」

船緩緩地漂浮起來。士兵的身影很快就被叢林的黑暗吞噬了。

「真受不了。」

老爸嘀咕了一句，伸展身體，把頭和腳尖放在橡膠船鼓起的部分。

我把登山包放在正中央，身體和老爸交錯，做出與他相同的姿勢。

船緩緩駛向下游。

仰起頭，發現樹葉和樹梢的縫隙間是滿天星斗。

只聽得到鳥鳴和各式各樣野獸叫聲，聽不到人聲和車聲。

在星光和月光下，可以清楚看到自己的指尖。

我看了手表一眼，已經晚上十一點了，老爸把左手指尖浸入河裡說：

「時速差不多五公里，如果流速不變，天亮之前應該可以抵達下游三十公里處。」

「找到寺院之後要怎麼辦？」

「船到橋頭自然直。」

老爸打了一個大呵欠，雙手交握，枕在頭下。

「萬一遇到瀑布會很危險，我們輪流警戒。你現在面對下游的方向，所以你先警戒，兩個小時後叫醒我……」

「萬一你跌下去，我也不管你。」

「努姆不是說了嗎?這裡的鱷魚不會咬人，如果我掉下去，會騎在鱷魚背上追你……」

老爸說完，閉上了眼睛。

時間緩緩流逝，慢得令人心焦。我曾經考慮用腳下的船槳划船，但即使提早抵達目的地，在這片漆黑的叢林中，我也沒有自信找得到卡瑪爾教的寺院。河流上方的樹林逐漸消失，露出了星光。不過，一旦上岸後，那裡又是一片綠色世界，如果四處尋找，可能會踩到毒蛇。

然而，在河流上漂流也很痛苦。

因為蚊子對我展開猛烈攻擊，即使隔著衣服，牠們也拼命想吸我的血。雖然在出國前打了瘧疾和霍亂的預防針，但老實說，我很擔心這些疫苗能不能對抗這麼強悍的蚊子軍團。

那個大鬍子不該給我手榴彈，而是要給我蚊香——行經途中，我很認真地這麼想。

老爸伸直了身體，一動也不動。有時候會伸手摳抓已長出鬍碴的臉頰，或拍一下臉頰，感覺好像夏天晚上在緣廊上打瞌睡。

這個人不是神經大條，而是根本沒有神經。

終於過了兩個小時，我用船槳把橡膠船轉向後，戳了戳老爸。

「時間到了嗎？」

老爸猛然睜開眼睛。

「對。」

「是嗎？你快睡吧。」

我嘆了一口氣，抓了抓叮腫的臉頰，閉上眼睛。我沒有自信睡得著，沒想到一閉上眼睛，接下來就不省人事了。

直到老爸搖我，我才張開眼睛。

我努力撐開黏在一起的眼皮，用力伸懶腰深呼吸。

遠方天空一片朦朧的藍，當我呼吸時，聞到了淡淡的，卻如假包換的「阿尤利亞」——「夢幻之星」的香味。

4

我看了手表一眼，四點二十分剛過。水流稍微緩慢下來。

「到了嗎？」

「馬上就到了。」

老爸壓低嗓門說。我放下雙腳，按摩著僵硬的肌肉，從背部到腳趾好像灌了鉛。如果可以活著回日本，我一定要泡個熱水澡，喝罐冰啤酒，再找個手藝精湛的按摩師。如果可以，最好是正妹按摩師。

船往下游行駛，「阿尤利亞」的香味似乎越來越濃。

卡瑪爾教的寺院一定位在盛開了很多「阿尤利亞」的地方——想到這裡，我恍然大悟。

美央每年生日的時候，寄「阿尤利亞」給華子王妃的神祕人物，該不會是卡瑪爾教的人吧！

我也不知道為什麼會有這種想法，只是有這樣的感覺。

我無法了解其中原因。通常在生日時送花，都是表達祝福，但祝福美央生日的人，也不應該綁架她呀？

老爸拿起船槳戳了戳河底，水深不足一公尺，河寬也只有五、六公尺。這麼淺又狹窄的河流卻沒有乾涸，仍然持續流動，應該和熱帶特有的氣候有關吧。橡膠船的速度越來越慢。

「前面有一片寬敞的河岸，我們把船停在那裡。」

聽到老爸這麼說，我回頭一看，五十公尺處的右岸那一帶沒有熱帶樹木。

「你覺得在河的哪一邊？」

「味道濃烈的地方。」

在河的中間根本難以分辨。

但問題很快就解決了。那片河岸的樹木被砍掉了，地面被踩得很結實。那裡應該是碼頭或汲水處。

「好像在右側。」

「好，那就上岸把船藏起來。」

老爸把船划到岸邊。在河岸即將變寬的地方停靠，我跳到地面，接過繩子固定，等老爸上岸後，再把船拉上岸。

「別把氣放掉，萬一在緊要關頭沒辦法使用就傷腦筋了。找地方挖個坑，再用落葉埋起來。」

由於不知道這裡距離寺院多遠，老爸小聲說道。

當我站在岸邊時，「阿尤利亞」的香氣更強烈。

徒手挖掘有許多蛇或昆蟲的叢林腐葉土並不是一件輕鬆的事。然而，想到美央或許就在附近，頓時感到渾身是勁。

我把橡膠船放進挖好的坑裡，再用落葉和樹枝蓋起來。

待作業完成後，紅色陽光開始照進熱帶樹林的縫隙。

天亮了。

「好了。」

老爸把手槍插在牛仔褲的腰際。手榴彈放在我背上的登山包裡。

我拿出巧克力和可樂，算是打發了早餐。我把空罐和船上的繩子一起放進登山包。

「我先出發，你等一下再跟上來。」

老爸輕聲說完，邁開步伐。

不知是碼頭還是汲水處的地方有一條被踩出來、通往叢林的路。

我目送老爸沿著那條路遠去後，低頭看著手表。

已經凌晨五點了。和尚通常都會早起，更何況在這種叢林深處，即使日出而作也很正常。

萬一被卡瑪爾教的人發現，他們就會用之前的毒箭攻擊，我們會被扔進河裡餵鱷魚，所以必須格外小心。

當我抬眼時，剛好看到老爸躬著背消失在蜿蜒的叢林小道中。我慢慢往前走，手裡拿著挖坑時找到的一根好像球棒的長棍。如果遇到無法用這根長棍解決的敵人，就要扔手榴彈了，但只有一次機會。

氣溫不斷上升，全身都在噴汗。還是洗不到熱水澡，那就期望能在泳池裡泡一下，然後在池畔睡一覺。

花香越來越濃烈，隨著氣溫上升，幾乎令人窒息。

然而，我左顧右盼，始終找不到花的蹤影。

我沿著小徑往前走，路的前方曲曲折折，不時有擋路的藤蔓和樹枝，老爸早已不見蹤影。

隨著天色漸亮，叢林中充斥著各式各樣的聲音。鳥囀、猿啼，以及好像悲鳴的吼叫聲，淹沒了我的腳步聲。

不知道經過了多久。

小路突然消失了，眼前有一道厚實的綠色牆壁。當我站在牆前，「阿尤利亞」的濃烈香味幾乎讓我暈厥。

我觀察了一下，發現這道牆隔開了小徑和周圍的叢林。如果是樹幹，直徑超過三十公尺也未免太粗了。

我抬起頭，發現綠牆相當高，那裡綻放著深紅色的花。花朵從蛇般盤踞在綠牆上的藤蔓探出頭，那厚實的花瓣和我之前看過的任何一種花都不一樣，寬幅的花瓣，只有頂端很尖，的確很像星形。

是「阿尤利亞」。

我伸出木棍輕輕碰了碰牆壁，木棍前端伸進數公分厚的苔蘚層，觸碰到堅硬的東西。

我剝開苔蘚。

那是一塊巨大的岩石，我正站在岩壁前。

岩壁高達五公尺，我四處尋找，仍然不見老爸。難道他已經爬上了這道岩壁？

如果想爬的話並不困難，只要踩著相互糾纏的藤蔓，就可以順藤而上。

下定決心後，我踩在藤蔓上。也許美央就在裡面。與其在沒有路的叢林裡四處徘徊，還是直接爬上去比較快。

靠近「阿尤利亞」時，我幾乎喘不過氣。由於香味太濃烈，吸入就會嗆到。

我終於爬上去了。

岩壁的厚度大約有一公尺。我很快就發現它不是天然的，雖然無從得知是誰在什麼時候，怎樣鑿出這道石牆，但它就橫亙在叢林中央，宛道一道石頭屏風，完全阻隔了外面的叢林。

裡面有一棟用石頭打造的巨大建築物。原本的樹木被砍光了，中央有一座圓形噴泉，後方有一棟圓形屋頂的石造寺院，不遠處有兩棟魚板狀木造房屋，感覺很像宿舍。

寺院相當於四層樓建築，圓形屋頂上插著紅色旗幟，還有模仿「阿尤利亞」圖案的星形雕刻，最令人驚訝的就是噴泉中央的石像。

那尊石像有一頭及腰長髮，身上穿著袈裟般的衣服，雙手交握胸前，閉著雙眼。整座石像塗成紅色，好像被淋了血。

我跪在石牆上屏住呼吸。寺院周遭沒有人的動靜，老爸也不知去向。

不一會兒，傳來低沉的轟鳴。那聲響是從前方圓頂寺院裡傳出來的。

我豎耳傾聽，發現有許多人在合唱的聲音，有點像和尚誦經，但沒有起伏，聲音也更低沉。好像用一根很長的弓拉出低音大提琴的聲音。

難道一大清早就聚在一起禱告嗎？

我走在石牆上，尋找可以往下爬的地方，底下都是平坦的石板，如果直接跳下去太硬了。

我爬下石牆內側後，直奔噴泉。我很好奇那尊被塗成紅色的石雕像。雖然被發現，危險就會上身，但四周根本沒有藏身處。

石像高約三公尺，豎立在水深五十公分的噴泉池內。

雕像的長髮和五官看起來像女人，難道是卡瑪爾教的女神？

當我逐漸靠近時，發現石像並不是被塗成紅色的，而是用紅色石頭雕刻而成的。不知道是紅寶石還是瑪瑙，無論是哪種寶石，雕刻出這麼大的雕像，一定耗費很多金錢與時間。

寺院整體瀰漫著「阿尤利亞」的香氣。持續吸入這種香氣，逐漸感覺有點茫然，好像大腦有一部分麻痺了。

不斷傳來的合唱聲也有奇妙的催眠效果。

我心想不妙，但還是飄飄然地走向寺院方向。

這裡看不到門，石造建築物內部很暗，看不清楚裡面。

入口很像騎樓，石階通往裡面的大廳，但四周不見人影。我走了幾階，靠在圓形石柱上深呼吸。如果現在不保持清醒，之前的努力就會化成泡影。

我躲在石柱後面環視大廳，正面深處有一道巨大的木門，門關著，但從裡面傳出合唱聲。

我再度環顧四周，確認沒有人影，便走向那道門。厚實的木門用鐵鍊纏了好幾圈，光靠一個人的力量根本拉不開。

襯衫黏著我的背，我好像走進一個不屬於這世界的地方。

我判斷推不開這道門，便轉身離開，決定繞到建築物後方查看。

除了圓形屋頂以外，這座寺院的外形有點像日本的國會議事堂。走出大廳，下了石階後，我繞到建築物旁邊，發現一樓根本沒窗戶，只有二樓的圓形屋頂才有縫隙，裡面應該是挑高的空間。

想要窺探裡面的情況，唯一的方法就是爬到圓形屋頂再往下看。

我後退幾步，仰望著建築物。房屋的石塊差不多有半塊榻榻米大，由於疊得密密實實，根本沒有地方落腳。

我決定繞到後面查看。寺院後方有石牆，跟我剛才爬進來的一樣，石牆與建築物之間約有兩公尺間隔。

可以從石牆跳到圓形屋頂上嗎？圓形屋頂上方是一個平台，或許可以跳過去。

我尋找石牆上蔓藤交錯的落腳處，然後，再度大汗淋漓地爬上去。

來到石牆上方時，我休息了一下，調整呼吸。

老爸到底去哪裡了？該不會被這裡的人逮住當成了活祭品？如果把他當成活祭品供給神明，再溫厚仁慈的神明也會動怒吧。這世上只有一種神明會跟老爸扯上關係，那就是瘟神。

我在石牆上繼續往前走，來到與平台平行的地方。這裡和平台間隔雖然超過兩公尺，但這裡稍微高一點。只要我退到石牆邊緣然後助跑，應該跳得過去。

我活動膝蓋和腳踝，再度調整呼吸。我已經擺脫了花香和合唱的催眠術。冴木隆．印第安納瓊斯出場了。

我退到石牆邊緣。

跳囉！

我跨出一個大步助跑，在心中喊著號令。一、二、三！然後跳了過去。跳是跳過了，跳到對面的那一剎那，鞋底沾到石牆上的苔蘚滑了一下。

原以為雙腳會順利著地，沒想到身體重心不穩，手臂和膝蓋碰到了平台。

滑倒了，下半身懸在平台外。平坦的平台沒有著力點，即使想伸手抓住，石頭上也無處可抓。

距離下方的石板有四公尺以上，上半身從平台逐漸往下滑。快掉下去了。

正當我閃過這個念頭時，有一隻手用力抓住我的右手。是老爸。他半蹲著拉住我。當我被拉上平台時，仰躺在地上，終於吐出憋了很久的一口氣。

「看來你是當不成武藝高強的小偷。」

老爸站在我的正上方，賊賊地笑著。

「你剛才跑去哪裡？」

「就在這個後面。我跟你想的一樣，只不過沒你那麼糗。」

隨他怎麼說。如果剛才就看到我，為什麼不打聲招呼？

我坐了起來，老爸走向圓形屋頂的方向。

那屋頂高達三公尺，側面有好幾個直立大洞，人可以輕鬆鑽過。

「看得到裡面嗎？」我追上老爸後小聲問道。

「看得到，但我還沒仔細看。」老爸答道。

我們趴在屋頂上朝裡面張望，還得提防自己別掉下去。

圓形屋頂有一個可以俯視寺院的圓孔，直徑將近兩公尺。

裡面很暗，但不是完全沒光線。當眼睛漸漸適應後，我看到好幾百支蠟燭的燭光。蠟燭密密麻麻地豎立在好像祭壇的石階上，石階前方靠木門的方向，有幾十個身穿紅色袈裟的人跪在地上。

祭壇的另一端很高，那裡放了三張宛如龍椅的巨大石椅，兩側坐著身穿袈裟的和尚，中間的龍椅上坐著一個穿深紅色袈裟的人。我們剛好在那個人的正上方，只看得到頭頂。那個人的頭一片鮮紅。

寺院內部也有濃郁的「阿尤利亞」香氣。跪在那裡的人用低沉的聲音合唱。所有人都一動也不動，宛如石像般或坐或跪，文風不動。

我和老爸互看了一眼。

「美央到底在哪裡……」

我很不安，語尾忍不住顫抖。結果來到這裡，卻找不到美央——

「我已經看過了，附近沒有其他建築物，所有人都在這裡。」

老爸神情嚴肅地說道，我再度探身向裡面張望。

此時，坐在左側龍椅上的男人舉起一隻手。

合唱頓時停了下來。

有兩個人從祭壇前方往前走，蠟燭照亮了他們的臉。

就是那對男女，他們殺了萊依爾的駐日大使代理，也殺了「電鑽」。

那兩個人停下腳步，深深地鞠躬後走上石階，走向坐在中央龍椅上，那個全身都是紅色的人。

不會吧!?

中間的人在那兩人的攙扶下站了起來，我看到被塗了整片紅，已經分不清眼鼻口部的那張臉。

是美央。

「老爸！」

老爸頷首，然後把手伸向我的登山包，拿出原本用來綁船的繩子，接著又把手榴彈放進口袋。

老爸動作俐落地把繩子一端綁在兩個洞之間。

「這樣就可以闖進去了，阿隆，上！」

那對男女牽著美央的手，準備把她帶進祭壇深處。儀式應該結束了。

老爸把繩子的另一端從天花板上的洞丟了進去，把從背包裡拿出來的T恤裹著繩子，再抓住繩子。

「阿隆，叫她！」

「美央！」

我把頭探進洞裡大叫。

寺院內部的人看到天花板突然丟進一根繩子，又有人大叫，全都站了起來。

下一剎那，老爸沿著繩子跳進了寺院內部。

他用T恤裹住繩子避免磨擦生熱。我看到老爸跳進寺院，便用襪子套住雙手，也滑了下去。

穿著紅色袈裟的僧侶有一半是光頭。

我和老爸背靠背，站在寺院內，那些光頭和尚立刻圍了上來，每個人手上拿著宛如山刀般的大劍或像金剛杖般的鐵棒。

「不許動！」

老爸用英語叫著，從口袋裡掏出手榴彈，拉掉了插銷。

他把插銷掛在左手食指上，右手握緊手榴彈的把手。只要鬆開把手，數秒之內就會爆炸。

和尚頓時停下腳步。

我回頭望著祭壇上的美央。她似乎吃下什麼藥物，閉著眼睛站在那裡，完全沒有察覺到眼前的混亂。

「把公主帶過來。」

老爸從容不迫地命令道。我則不發一語地推開擋在面前那些穿袈裟的傢伙，迅速衝上祭壇。

「趕快放開公主！」

老爸再度叫了起來，那對男女瞪大了眼注視著我。

那女人終於張開口，似乎用日語說「難以置信」。

「你、你們是從日本來的……」

「沒錯，冴木偵探事務所的售後服務也很完善。」

說著，我站在美央面前。

「你們打算把公主怎麼樣？」

「那還用說，當然把她送回她母親那裡，怎麼可能讓你們把她當成活祭品？」

「等一下……，你們誤會了。」

這時，坐在龍椅上靜止不動的和尚開口了。近距離一看，發現他已經老態龍鍾，看起來有八十，不，九十歲左右。坐在另一張龍椅上的也是老人。這兩人都閉著眼睛。

老人用萊依爾語對女人說話，女人回答了他。他似乎想知道我們是誰。老人滿是皺紋的臉上也用紅色顏料描繪著圖案。

老人對我們說著什麼。

「導師問你們可不可以再等一天。」

「再等一天，你們就會把美央變成殭屍吧？」

「不是！我們教團絕不會做那種事，我們所做的一切，都是為了保護公主！」

「事到如今，不必扯謊……」

「是真的，聽我說！」

那女人拼命訴說。在一旁冷眼旁觀的老爸問她：「妳是誰？」

「我叫凱勒，是專門侍奉導師的卡瑪爾教尼兵。」

「妳去日本有什麼目的？」

「為了保護公主不被刺客暗殺。」

「那又為什麼綁架公主？」

「讓公主……，美央公主……接受女王登基的儀式。」

「什麼——？」

此時，美央睜開了眼睛。

紅色女神

女王陛下的打工偵探

1

美央似乎不知道發生了什麼事。

她那茫然的眼神首先捕捉到我，但似乎沒察覺到是我，接著又轉頭看其他人。她看著扶著自己的凱勒和男人，又注視著龍椅上的老人。

那視線再度回到站在她面前的我。

「阿隆……？」

她納悶地嘟囔著。

我感到一陣揪心，說不出話來，只能默默地點頭。

「阿隆？」

美央又問了一次。我再度點頭。

美央突然睜大了眼。

「怎麼會！真的嗎!?阿隆？」

「對，公主，我來接妳了。」

美央甩開扶著她的那對男女，我雙腳用力站穩。

美央撲進我懷裡，我熱淚盈眶。太好了，美央平安無事。

「為什麼？為什麼？為什麼……」

美央在我臂彎裡反覆問道。

「說來話長，我們先離開這裡。」

我回頭看著老爸說。此刻，所有人的目光都集中在美央和我身上，每個人都不發一語，也文風不動。

「阿隆，等一下。」美央抽離，仰頭看著我，用堅定的語氣說：「我還不能離開這裡。」

我注視著美央，她渾身雖然被紅色顏料塗得很可怕，但絲毫不影響她的可愛。那雙眼睛露出堅定的眼神。

「為什麼？」

這次輪到我問他。

「因為——」

美央垂下眼，似乎在思考該怎麼回答。下一刻，她雙腿一軟。

「美央！」

我大叫著扶住她，但她沒有睜開眼睛，軟趴趴地倒在我身上，似乎昏了過去。

我回頭看著凱勒，憤怒從體內深處湧現。

「你們對美央做了什麼!?」

「這三天來，公主遵循卡瑪爾教的儀式絕食。」

「什麼？」

這些傢伙！他們綁架、監禁她，連食物都不給她吃！

凱勒似乎察覺到我的怒氣，立刻解釋說：

「請你不要誤會，是公主自己決定要絕食的。」

「你們到底想怎樣？」

「剛才說過了，是為了讓公主當上女王。」

坐在龍椅上的老人用萊依爾語說著什麼。凱勒回頭看著老人，也用萊依爾語回答。

其中一位老人又用萊依爾語說了什麼，凱勒點點頭。

「導師說，他會向你解釋，但在此之前，得先請其他人離開。」

我看著老爸。

「好，只有那兩個老頭、公主和妳留下，其他人都出去。」

聽到老爸這麼說，凱勒大叫，似乎叫其他人離開。

其中一名手拿山刀的僧兵不知說了什麼，似乎在抗議，但凱勒阻止了他。在這裡，「導師」的命令至高無上。

凱勒又大叫一聲，祭壇周圍的人牆隨即散開，紛紛走向出口方向。

老爸高舉握著手榴彈的右手，退了一步，離開人群。

和凱勒在一起的男人用萊依爾語問了什麼，凱勒點點頭。

他似乎在問：「我也要出去嗎？」

那個男人注視著我。經過我仔細觀察，發現他和凱勒長得很像，這兩人也許是兄妹或姊弟。

他最後一個走了出去，厚重的木門發出嘎嘰聲，從外面關了起來。

咚地一聲響徹整個空間。

好一陣子，誰都沒開口。不一會兒，老爸說：

「阿隆，讓公主坐回原來的位子。你們雖然久別重逢，但一直這樣抱著也會累吧。」

我點點頭，讓昏倒的美央靠在中央的椅子上。她雙眼緊閉，呼吸急促。

老爸走上祭壇，看著坐在美央兩側的老人。兩個老人或許是因為滿臉皺紋、理光頭，看起來一模一樣，好像雙胞胎。

其中一位老人開口說話，凱勒正想翻譯，老爸舉起左手制止了她。

「等一下，會說很久嗎？」

凱勒點點頭。

「那等我一下，我的手也麻了。」

老爸把手榴彈拿到面前，瞇起眼，試圖把插銷穿進手榴彈的把手。

第一次沒成功，他啐了一聲。

「你是不是該戴老花眼鏡了？」

雖然覺得這種場合不適合開玩笑，但還是脫口而出。

「下次我會準備。……好，成功了。」

老爸不為所動，穿了幾次後，終於成功了，他把手榴彈放回口袋。

「好了，那我就洗耳恭聽了。」

聽到老爸這麼說，凱勒娓娓道來。

「導師說，首先從卡瑪爾教的歷史說起。」

「請省略複雜的內容，不然我會睡著。」

「——卡瑪爾教是十二世紀中期，在萊依爾創立的宗教，十三世紀推廣到全國，信眾曾經一度超過全國民眾的八成，也成為萊依爾的國教。詳細的教義就省略了，但卡瑪爾教信奉一位名叫『卡瑪爾』的女神，象徵愛和戰鬥。」

「就是院子裡的那尊紅色神像嗎？」

我問道。凱勒點頭。

「當時的卡瑪爾教和皇室有密切關係，勢力遍及國政，國王也經常兼任大導師——這裡稱為庫那姆，也就是教團的領袖。」

「宗教王國。」

「完全正確。十八世紀後，隨著歐洲各國侵略亞洲，殖民地逐漸增加後，教團和皇室的關係也出現了嫌隙。想要吸收西歐文明的皇室和主張鎖國的教團中樞產生了對立，國王擔心鎖國失敗後，萊依爾會變成殖民地，教團則相信有卡瑪爾神的保佑，絕對不會發生這種情況。」

「蜜月時期已經結束了。」

老爸嘀咕道。

「進入十九世紀時，選出了新國王，之前的新國王都是由獲得卡瑪爾教團信任的繼承人即位，但教團並不信任前國王查莫德二世。」

「於是，惹惱了國王。」

凱勒點頭。

「然後，他開始大肆鎮壓，逮捕了好幾位庫那姆，拷問他們，要求他們信任國王。庫那姆拒絕，國王就公開處以死刑。不久，民眾也開始覺得信仰卡瑪爾教就是背叛皇室，首都那摩也關閉了好幾家卡瑪爾寺院，沒有人再走進寺院。」

「於是，你們就轉移陣地，躲到叢林？」

「對，存活的庫那姆為了避免教團被消滅，所以遠離那摩，躲進了叢林深處。花了數十年的時間，犧牲了好幾名僧侶，建造了這家寺院。」

「這裡是卡瑪爾教的大本營吧。」

凱勒聽到我的問題後點點頭，黑色的雙眸散發出熱情的光芒。

「你們為什麼要綁架公主？」

「教團希望萊依爾全國人民都得到幸福，當查莫德二世去世，三世繼承王位時，教團也無法信任三世，當時，皇室和教團之間的溝通管道完全封閉了，但教團仍然持續向卡瑪爾神祈禱國民的幸福。」

「別怪我囉嗦，這和你們綁架美央有什麼關係？」

「每當國王挑選王位繼承人時，教團就會向卡瑪爾神請示哪一位繼承人適合。卡瑪爾神回答說，查莫德二世、三世都不適合成為國王，卻發出神諭，說在查莫德三世的五位繼承人，也就是五位公主中，第一次出現了適合成為國王的人。這是兩百年來第一次。神諭出現在十七年前，公主生日的那一天。」

「這麼說，『阿尤利亞』——」

「是庫那姆的生命，是教團持續寄給公主的，表達對未來新國王的敬意。」

「美央會成為女王？」

「對，當美央成為女王時，教團將再度走出叢林，重見天日。至今為止，隱匿自己是卡瑪爾教教徒的人，也可以昂首闊步走進寺院。」

「美央想當女王嗎？」

我注視著閉目的美央。第一次感覺和她之間相隔遙遠。

女王陛下。

那是一國之主。

「一開始，公主也不敢相信自己是被選中的女王。為了讓公主理解這一點，庫那姆下令我們把公主帶來這裡。我們的任務是保護她在日本期間的安全，以及把她帶來這裡。」

坐在左右兩側的和尚老人站了起來，步履蹣跚地走到美央腳邊，跪了下來，分別用額頭輕碰美央的腳尖。

喃喃說著費解的祈禱文。

「為什麼殺害大使代理和『電鑽』？」

老爸問道。

「而且為什麼訊問我？」

「大使代理正是在日本僱用殺手的人，我們得知了這個消息，為了保護公主，所以殺了他。但他已經付錢給殺手了，我之所以在隧道殺了那個殺手，是為了避免殺手說出大使代理的事。」

「為什麼？」

「因為，如果萊依爾國內的榮恩和卡旺知道卡瑪爾教殺了大使代理，就會知道卡瑪爾教團正在協助公主，到時候會讓公主陷入更大的險境。」

「不光是美央，也會影響教團的立場吧？」

老爸說道。

「沒錯。在公主即位之前，教團一定要保留實力。之所以催眠你，是為了確認你值不值得信賴，能不能勝任保鑣的工作。如果你和榮恩或卡旺勾結，既然在那棟建築物裡看到了我們，就不能讓你活著離開。」

我交抱著雙臂，也就是說，卡瑪爾教團一開始就和美央站在同一陣線。

為了讓美央當上女王，所以才綁架她，讓她不必要地減肥，而且還把紅色油漆倒在她身上。

「為了全萊依爾國民的幸福，公主一定要即位。」

凱勒語帶悲痛地說道。

「……我並不反對美央當女王。」

我嘟囔道。既然美央已經下定了決心，我沒有資格說什麼。

「叫我們再等一天是什麼意思？」老爸問道。

「教團還需要一天才能完成所有儀式，等這些儀式完成後，才能信任王位繼承人。在公主通過這些考驗的清晨，我們會護送公主回皇宮。」

「你們如果這麼做，會被榮恩或卡旺大卸八塊。」

「我們已經做好了心理準備。」

凱勒斬釘截鐵地說道。

「為了教團和公主，我和我弟不惜付出任何代價。」

她的眼神充滿了信任，或者說是狂熱的光芒。

「但妳是不是忘了最重要的事？」老爸說道。

「什麼事？」

「即使你們再怎麼認為美央適合繼承王位，事情也沒有這麼順利。榮恩和卡旺拼命想讓自己支持的公主即位。」

「如果把他們企圖謀殺美央公主的事公諸於世呢？」

「有這個可能嗎？」

「我們在暗殺大使代理前，在大使館內他的專線電話裝上了竊聽器。」

「……」

「大使館的員工中，有人也是卡瑪爾教的信徒。我們透過他錄下了大使代理分別和榮恩、卡旺討論暗殺美央的對話。」

「是哪一方僱用的？」

我問道。大使代理真的成為榮恩或卡旺的「代理」，僱用了殺手。

「哪一方是什麼意思？」

「是榮恩還是卡旺？」

「雙方。」

凱勒回答。

「大使代理勾結雙方，這麼一來，無論哪一方支持的公主即位，他都有利可圖。榮恩和卡旺分別命令大使代理暗殺美央公主，並匯了錢給他，他卻瞞著他們。」

「果真如此，這人實在壞透了。」

「所以才有報應。」

「榮恩和卡旺為什麼只想殺死美央？」

我問道。因為還有其他公主也是王位繼承人，榮恩和卡旺為什麼不暗殺對方支持的公主？

「原因之一，就是國王查莫德三世深愛著華子王妃。華子王妃和其他王妃不同，並不熱中讓女兒繼承王位，這一點也深得國王寵愛。其他王妃背後都有榮恩或卡旺的支持，但華子王妃並沒有任何支持者。」

凱勒解釋道。

「也就是說，她集三千寵愛於一身嗎？」

老爸小聲說道。似乎又想拿時代劇來比喻。

「國王可能讓美央繼承王位嗎？」

我問凱勒。

「國王的健康狀況似乎不太理想，聽說已經決定了繼承人，並將遺囑交給最高法官。」

「不需要這麼吊人胃口，為什麼不乾脆早點公布呢？這樣就不會引起家庭糾紛了。」

「不，不是這樣的。根據這個國家的憲法，在國王死亡的同時，內閣和軍司令部都必須總辭，再透過選舉重新選出。在新國王決定之前，不能籌組新內閣，否則，不支持國王的內閣和軍方可能會發生政變。」

「也就是說，國王駕崩後，榮恩和卡旺會暫時失去已得到的權力。」

老爸點頭說道。

「對，也有可能因為新國王，再也無法掌權。」

「美央最有可能讓他們失去權力。」

我看著躺在龍椅上痛苦地閉著眼的美央說道。對這個溫柔可愛的女孩子來說，這種命運未免太沉重了。

然而，美央自己選擇了這條路。

我已無話可說。

「美央承諾繼位之後，要讓卡瑪爾教復權嗎？」

老爸若有所思地看著美央。

「不，我們對公主並沒有這種期待，正如剛才說的，萊依爾的法律並沒有規定不能崇拜卡瑪爾神。現任國王二世也沒有鎮壓卡瑪爾教，但榮恩和卡旺另當別論……，他們很擔心卡瑪爾教重出江湖。」

「過度強烈的信仰對執政者來說，是一種威脅。」
老爸好像很了解內情抓著下巴說道。
「拜託你們，請你們再等一天。」
凱勒一再強調。
「等一天是沒關係，但有兩個條件。」
老爸以低沉的聲音說道。
「兩個條件？」
「對，第一，我們必須確認美央是心甘情願的；另一個條件，我們必須聽聽你們在大使館拿到的竊聽內容。」
「好。」
凱勒用力點頭。

2

「公主醒了。」

將近正午時，凱勒前來通知我們。

我們一離開圓頂屋，我和老爸被安置在寺院內一棟魚板形的建築物裡。我們在那裡洗了澡，沒有吃他們為我們準備的早餐，輪流小睡了一下。

我和老爸還沒有完全相信凱勒的話，但如果統統都是杜撰，就無法解釋為什麼把美央塗得通紅，並且膜拜她。

由於卡瑪爾教擅長用毒，所以我們並沒吃他們提供的早餐。

我和老爸跟著一身長袍的凱勒走出戶外。

烈日下的寺院無人影，之前擠滿圓頂屋的僧侶也都不知去向。

「大家都跑去哪裡了？」

我難掩不安地問道。

「都在寺院後方的農場，這裡的生活必須自給自足，卡瑪爾教的僧侶花了數十年的時間開墾了這片叢林。」

「妳也是其中之一嗎？」

我問道。我們三人再度走進圓頂屋，凱勒使盡全力推開沉重大門時搖搖頭。

「我是那摩人，雖然不能透露本名，但我父親是政府官員。祖父是那摩的卡瑪爾教寺院僧侶。我曾經在日本留過學，所以志願參加這次任務。」

凱勒的話在屋內迴響，祭壇上仍然點著蠟燭。

我們走上祭壇，那裡有一條通往深處的通道，入口處有簾幕。

凱勒站在簾幕前，手裡拿著一根祭壇上的蠟燭。

「你們是第一個進入寺院內部的外國人。」

「裡面該不會養著怪獸吧？」

凱勒拉開簾幕，裡面是一條必須彎腰才能進去的石頭隧道。

凱勒率先走進去，老爸緊跟在後，我殿後。

隧道裡彎彎曲曲，通往深處。腳下有階梯，逐漸通往地底。

越往下走，通道內的空氣有一種濕濕涼涼的感覺。

終於，我們來到樓梯盡頭的一個小房間。小房間通往另一個房間，連結兩個房間的通道有一扇鐵門。

凱勒把蠟燭放在小房間中央的燭台上，那裡已經有十幾根點燃的蠟燭。

凱勒敲了敲門，小聲地說著什麼。

鐵門從裡面打開了。

開門的人是凱勒的弟弟，也穿著長袍。

燦爛的金光從屋內散發出來。

那是一個圓形房間，比剛才的小房間大上一倍，中央有一處圓形凹陷，裡面有一尊紅色雕像，周圍堆滿了金幣、用金子打造而成的各式各樣雕像，以及鑲了寶石的項鍊、手鐲和戒指。

金幣反射牆上伸出的燭台火焰，散發出金色光芒。

這裡也有純金佛像，還有鑽石項鍊、藍寶石、綠寶石、紅寶石和各式各樣寶石。

我看著這些金銀財寶，忍不住吸了一口氣。

牆邊放著長椅，身穿長袍的美央坐在那裡。她身上的紅色顏料已經弄掉了，兩個老人盤腿坐在她對面的地上，對著紅色雕像祈禱。

「美央……」

室內瀰漫著「阿尤利亞」的香氣，我發現香氣來自於美央脖子上那串長長的木製念珠項鍊。那兩個老人、凱勒的弟弟也都戴著相同的項鍊。

「阿隆。」

美央略顯瘦削的臉頰浮現笑容。

「對不起……，剛才看到你，到目前為止的緊張突然鬆懈了……」

「沒關係，身體沒問題嗎？」

美央用力點頭。炯炯有神的雙眼輪流看著我和老爸。

「你們是怎麼來的？」

「冴木偵探事務所使命必達。」

我努力擠出笑容。雖然很開心，卻笑不出來，反而快流淚了。

「公主，我們是受妳母親的委託。」

老爸說道。

「媽媽！」

美央睜大了眼睛。

「我媽身體好嗎？」

「很好，只是很擔心妳。」

聽到老爸這麼說，美央露出哀傷的表情。

「我知道，我媽真可憐，她一定擔心死了。」

我和老爸點點頭。

「明天，我會離開這裡去那摩，就能見到我媽了，相信她一定可以理解的。」

「公主——」

老爸清了清嗓子。

「公主，有一件事要向妳求證。」

「我知道，要問我是不是心甘情願留在這裡做這些事吧？」

美央打斷了老爸的話。

「沒錯。」

「從日本坐小船來這裡時，我也很不安，不知道自己會被怎麼樣，但是聽到兩位庫那姆的話以後，我下定決心，要接受繼承王位必須的卡瑪爾教儀式。」

「這麼說，妳已經成為卡瑪爾教的信徒了嗎？」

「沒有，但我看到卡瑪爾教的僧侶和信徒在叢林深處所受的苦，強烈感受到不能再這樣下去，不能再讓卡瑪爾教的人痛苦。所以，我必須成為大家都敬愛的人。我已經下定決心，為了讓這裡的人了解這一點，除了接受儀式以外，沒有其他方法。」

凱勒跪在地上，把額頭貼在美央的腳尖。

「公主，妳考慮當女王嗎？」

「如果父王挑選了我……」

老爸目不轉睛地看著美央。

「如果他沒有挑選妳呢？」

美央平靜地回答：

「到時候再說了，我打算去我喜歡的日本，和我喜歡的人一起學習我想做的事。」

這時，美央的臉頰泛起了紅暈。

老爸看著凱勒。

「公主知道錄音帶的事嗎？」

「不知道。」

凱勒搖搖頭。

「錄音帶？怎麼回事？」

「她說手上有一卷可以讓榮恩和卡旺身敗名裂的電話錄音。」

「是什麼內容？」

美央立刻看向凱勒，老爸回答說：

「是他們在日本僱用殺手想殺害妳的證據。」

美央吸了一口氣，眼中露出悲傷之神色。

「果然是這樣……，但我相信他們所做的一切和我姊姊、妹妹都沒關係。父王不可能因為這件事就決定我是繼承人。」

「我知道了。」

老爸靜靜地點頭。

「公主，還有一件事想請教妳。」

「什麼事？」

「妳為什麼來日本？」

美央仰頭看著老爸，似乎聽不懂這個問題。我也一樣，老爸到底想問什麼。

美央的表情突然緊張了起來。

「冴木先生……」

「所以，我沒猜錯。」

老爸用低沉的聲音確認道。美央低下頭。

「你知道了嗎？」

她的嘴唇吐出幾乎聽不到的聲音。

「妳在日本延期回國時，我就猜想會不會是這樣。」

「老爸，怎麼回事——」

「阿隆，先不要問。」

「我……我……騙了你們。」

「公主，怎麼回事?請妳解釋一下。」

美央抬起頭，眼中噙滿淚水。

「對不起，對不起，阿隆，明天我會把一切都告訴你……」

「公主……」

老爸微微點頭。

「好，那就請妳親自向他解釋吧。」

「冴木先生，沒問題。明天早上，等所有儀式都結束後，我會去那摩。你們也跟我一起走，到時候，我就會把一切……」

我說不出話來，美央望著我，淚水幾乎奪眶而出。

「阿隆……，真的很高興見到你。所以，拜託你等到明天……」

「公主……」

我只能點頭。

我們把美央留在那裡，走出黃金地下室。經過岩石隧道，來到圓頂屋外時，強烈的陽光讓我暈眩。

美央和老爸之間的神祕對話盤旋在我的腦海。

她騙了我們——美央這麼說。到底騙了我們什麼？

為什麼欺騙我們？

最重要的是，她到底騙了我們什麼？

「馬上會為你們準備餐點——」

凱勒說完，走進了魚板形建築物內。

我茫然地在中庭走著，在紅色卡瑪爾神像的泉池邊坐了下來。黃金地下室也有一座相同的神像，應該價值連城吧。

不止是卡瑪爾神像，地下室的那些金銀財寶應該價值數百億、數千億吧。

凱勒說，這是卡瑪爾教好幾個世紀的信徒所奉獻的。

然而，和一個人的價值相比，這些財寶就變成了塵土。

我不想失去美央。她一旦成為女王，我和她就永遠天各一方了。

希望她不要當上女王——內心深處浮現這個想法。如果她不當女王，我們或許還有機會在日本共度歡樂時光。

怎麼會這樣？

我忍不住嘆息。

阿隆真的愛上了美央。

這是有生以來第一次。

「最後一根。」

老爸走了過來，摸了一下耳朵，好像變魔術般拿出一根菸。

「給你。」

我接了過來，叼在嘴上，老爸用Zippo打火機為我點火，並以嚴肅的眼神看著我，我還來不及開口，老爸就說：「什麼都別想，相信自己愛上的女人。」

我點點頭。

老爸賊賊地笑了起來，蓋上了打火機的蓋子，然後，雙手插在牛仔褲的後口袋，晃著離開了。

我用力閉上眼睛，香菸的煙滲進了雙眼。

翌日清晨，太陽還未升起，凱勒的弟弟就把我和老爸叫醒了。

他用英語告訴我們，美央的所有儀式都結束了。

我和老爸迅速整理好行李後走出房間。圓頂屋敞開大門，裡面的光線照進了昏暗的中庭。

圓頂屋內有數十人、數百人，不光是圓頂屋，中庭也擠滿了人。我難以想像什麼時候聚集了這麼多人，應該有成千上萬人吧。我站在門口愣住了。

凱勒的弟弟叫哈密特，似乎察覺了我的疑問。

「昨天深夜，萊依爾全國各地的卡瑪爾教信眾都聚集過來，大家都聽說卡瑪爾教誕生了新的庫那姆。」

中庭內擠滿了人，身上都散發出「阿尤利亞」的味道，每個人穿著袈裟，戴著長長的念珠，或穿著紅色上衣，信徒紛紛趴在地上，額頭幾乎貼到地面。

突然，人潮好像大海被切割般散開了。從圓頂屋內側到噴泉池之間出現了一條路。

「庫那姆，庫那姆，庫那姆……」

「庫那姆，庫那姆，庫那姆……」

在場者紛紛發出低喃，形成一股嗡嗡聲。

美央在兩位老人的引導下，從圓頂屋中央走了出來，沿著那條路走來。

「庫那姆，庫那姆，庫那姆。」

「庫那姆，庫那姆，庫那姆。」

美央直視著噴泉池的雕像，莊嚴地前進。全身再度被染成了紅色。

數萬人趴在地上，望著她的身影。

眼前的景象莊嚴又可怕，這麼多人聚集在寺院內，我在前一刻居然還在呼呼大睡，完全沒察覺。

兩位老人在噴泉前停下腳步，分別站在兩側，為美央讓了路。

美央在他們面前停了一下，兩位老人也趴了下來，將額頭輕觸美央的腳尖。

終於，美央拉起袈裟，走進了噴泉池中。

「庫那姆！庫那姆！」

祈禱的聲音更響亮了。美央一步一步，在噴泉中用腳尖摸索著前進。

「庫那姆！庫那姆！庫那姆！」

她終於走到紅色卡瑪爾神像旁，然後停了下來，回頭看著群眾。

所有的聲音頓時停了下來，四周鴉雀無聲。每個人都屏氣凝神地等待美央接下來做的事。

美央的身體緩緩下沉，她跪了下來，慢慢地跪在卡瑪爾神像的腳下。

她的額頭碰觸到神像的腳背。

下一剎那，「哇——」地響起一陣分不清是吶喊還是歡呼聲。群眾頓時一齊湧向噴泉。

「庫那姆！庫那姆！庫那姆！」

美央按著袈裟的袖子，用手掌掬起泉水灑向四周。群眾爭先恐後地往前擠，想要沐浴飛沫。

哈密特也在我們身旁趴了下來，一次又一次在地上磕頭，嘴裡也頻頻叫喚著「庫那姆」。

飛沫濺到美央的臉上，臉上的顏料也融化了。終於，美央把頭浸入噴泉中，在逐漸升空的太陽下，噴泉被紅色顏料染紅了。

美央從噴泉中站了起來，身上的紅色顏料已經溶解，白皙肌膚晶瑩剔透。

她走向噴泉邊緣。當她走出噴泉時，周圍的群眾歡呼起來，無不擠向噴泉。轉眼間，噴泉就被信眾包圍了，他們相互潑水，發出歡喜的吶喊，陷入了瘋狂。

不知道什麼時候已起身的哈密特說：

「新的庫那姆潑的水具有神奇的力量，可以治療疾病，讓人長命百歲。」

美央直直地向我們走來，清澈的雙眼充滿了完成使命的驕傲和喜悅。她的呼吸有點急促。

「阿隆，冴木先生——」

「公主……」

「儀式結束了，我們回去那摩，回去我媽身邊吧。」

3

一個小時以後，我、老爸、美央、凱勒和哈密特坐上小船，在叢林裡的河流漂流。河流通往大海，我們將坐上停靠在河口的遊艇，前往那摩。

美央坐在船頭，看著流動的河水。河面上的風吹亂了她的頭髮，她除了不時用手指撩撥頭髮以外，一動也不動。她的姿影有一種在日本不曾有過的「威嚴」。

我們在河上漂流了兩個小時，終於來到河口處以木板搭建的碼頭，改搭遊艇。遊艇上以日文寫著「進光丸」幾個字，他們之前應該就是用這艘船把美央從熱海送來這裡。

哈密特熟練地發動了遊艇的引擎，解開纜繩。

船頭緩緩改變方向，駛向了外海。

我們在船艙內吃著凱勒做的早餐。美央離開叢林的寺院後，幾乎沒有開口。

雖然很想知道她何時會告訴我來龍去脈，但還是不敢主動開口問。

「到了那摩港之後要怎麼做？」

老爸問凱勒。

「我父親應該會派車到港口接我們，然後直奔皇宮。」

凱勒說著，瞥了美央一眼。美央默默地看著咖啡杯。

「多久會到那摩港？」

美央回答了我的問題。

「大約兩個小時，對吧？」

凱勒點點頭。

好一會兒，沒有人開口。然後，美央站了起來。

「我有點累了，去睡一下。凱勒，一個小時後叫我。」

我無所事事，從船艙的窗戶看著波光粼粼的湛藍海面。海面上有幾艘像是漁船的木造小舟。

終於，我也沉沉睡去。

咚。聽到這個聲響，我驚醒了。一看手表，過了五十分鐘。

不對勁。我思考著到底哪裡不對勁，才發現引擎停了。

老爸和凱勒不見了，我以為他們去了駕駛艙，正準備推開通往駕駛艙的門。

下一剎那。

「阿隆！快逃！」

我聽到老爸大叫。

接著，傳來砰砰砰的槍聲，門被打穿了，木片四散。

我用力關上門，插上門閂。

咚地一聲悶響，有人倒下了。

我雖然搞不清楚是怎麼回事，但這裡似乎遭到敵人攻擊。

老爸把登山包留在船艙的桌上，裡面有手槍和手榴彈。我奪過登山包時，門外再度響起機關槍掃射聲，我趴在地上。

子彈好像縫紉機縫出的針腳般，打穿了船艙內合成樹脂板牆。

我打開通往船尾的門。美央睡覺的房間就在前面，但中途必須經過甲板上的入口。

此時，剛好有人走過那個入口，右手拿著手槍。

我瞥到的瞬間，立刻用力關上門。

膚色黝黑的矮個子，一身討厭的灰西裝——我永遠都不會忘記的祕密警察喬。

隨著清脆的槍聲，我頭上的門板飛走了。

雖然搞不清楚怎麼回事，但祕密警察似乎埋伏在這艘遊艇上。

他們只有一個目的，就是在海上幹掉美央，不留下任何證據。

艇。

我立刻攀住窗戶。遊艇漂浮在碧藍的大海上，旁邊還停了一艘塗成灰色的海巡警備

我推開窗戶，四方形的玻璃窗上方用絞鍊固定，下方只能打開二十公分左右。窗戶三十公分見方，但中間的格子是鋁製的細管，也許可以把鋁管折彎，從窗戶擠出去。

咚！通往駕駛艙的門搖晃著。雖然我可以拿出登山包裡的手槍亂射一通，但子彈不長眼，萬一打中老爸他們就慘了。

我離開窗邊，拿起凱勒用來燒開水的熱水瓶，丟向玻璃窗。熱水瓶有一個重錘，避免傾倒。

船艙的窗戶打碎了，我衝到窗邊的沙發，用力踹著鋁管。

果然不出所料，鋁管一下子就被我踹彎了。當縫隙終於可以容納一個人通過時，我閉上眼睛，不去看那些殘留的玻璃碎片，爬上船舷。然後，拉出登山包，揹在背上。

咚！啪！背後又響起一聲清脆的聲響，船艙的門被踹破了。

我來不及思考，抓著船舷的扶手。海面在兩公尺下方。

我跨過扶手，回頭看著船艙。喬正率領手下的壯漢舉起烏茲衝鋒槍瞄準我。

烏茲衝鋒槍噴火。

我立刻躍入海中。

我感受到一股熱熱的東西掠過右肩上方，接著，冰冷的水湧入我的口鼻。

我下意識地擺動雙手雙腳，浮上海面。我用力深呼吸，回頭看著頭頂上方。

船舷上有兩支槍，分別是喬和壯漢。我立刻把頭埋進水裡。

水面抖動著，冒著水泡。

我之前在書上看過，子彈在水中會失去威力。

我拼命潛入水中約兩公尺左右，望著頭頂。隨著嗶咻、嗶咻的聲音，子彈打進海裡，拉出一長串氣泡。然而，在水中前進一公尺後，就靜靜地沉入水底。

身體漸漸往上浮，我努力朝斜下方划水。

兩艘船在水中落下陰影。一艘是遊艇，另一艘是長度只有遊艇一半的警備艇。

我朝著比較短的那艘船游去。我感到呼吸困難，肺快爆炸了，眼角變暗了。

終於，我游到了警備艇船尾的螺旋槳旁。警備艇停在遊艇旁邊，即使我浮出水面，遊艇上的人也看不到我。

我憋著想一口氣浮出水面的衝動，慢慢探出頭。我慌忙吸氣，差點狂咳了起來。

如果警備艇上有人，發現船尾的動靜，打開引擎的話，我就出局了。一旦被捲進螺旋槳，可憐的阿隆就變成漢堡肉了。

我划動雙腳，輕輕摸了摸右肩。襯衫破了，皮膚露了出來，剛才烏茲衝鋒槍的子彈擦過衣服。

怎麼辦？

老爸和美央他們顯然已經落入喬的魔爪，如果我再慢吞吞，他們就會被丟進海裡餵鯊魚了。

我緩緩地游向警備艇的外側。

警備艇沒有發動引擎，還抛下錨，用繩子和遊艇綁在一起。

警備艇上有人嗎？按常理來說，應該會留下一個人。

我下定決心，只有犧牲這個人了。

我把手伸進登山包。不知道遊艇上目前發生了什麼事，但我不能有片刻猶豫。

我拿出手榴彈，握在左手，深呼吸了一下，右手抓著警備艇的船腹。

一、二、三，我拉下手榴彈的插銷，丟過了警備艇的船舷，用力吸了一口氣，潛入海底，游到警備艇下方。

我瘋狂地滑動手腳，如果游到警備艇下方時爆炸，我恐怕也會被波及。

當我鑽過警備艇下方時，把頭探出水面再度深呼吸。我已經無力理會遊艇上的人會不會看到我。

然後，我又從遊艇下方游過去。遊艇比警備艇吃水更深，我游得相當吃力，必須潛得更深，游得更快。

我終於游到了遊艇的另一側，水中頓時傳來一陣震耳欲聾的衝擊聲。

我急忙浮出海面。

火柱噴向遊艇的方向，接著，激烈的爆炸聲震撼了海面。我聽到玻璃碎裂聲。此時此刻，遊艇上所有人一定看向另一側被炸毀的警備艇。

各式各樣的東西冒著黑煙，在空中飄舞。

有人大叫著什麼，夾雜著「繩子」這兩個字。應該是指綁住警備艇的繩子斷了吧。

我右手拎著登山包，朝遊艇的船頭游去。那裡有通往甲板的階梯。階梯距離水面的位置比我想像中還高，我花了好大的工夫。已經沒時間了。當喬從震驚中清醒過來，就會思考是誰基於什麼目的引起爆炸。

我好不容易抓到金屬階梯的最下方，把身體拉了上去。

我喘不過氣，感覺頭暈目眩，全身像鉛塊般沉重。因為爆炸而四散的碎片不時從天而降。

在到達船舷之前，我從登山包裡拿出手槍，再把登山包揹在身上，右手握緊手槍。

遊艇也承受了爆炸的衝擊，船艙受害最嚴重，所有玻璃窗都被炸碎了，連沙發也翻了過來。

我踩著碎片，從碎裂的窗戶往船艙內張望。

我鬆了一口氣，船艙內沒有人影，人質應該集中在駕駛艙。

我走向駕駛艙，這裡的窗戶也都碎了。

我從窗緣朝裡面張望，發現哈密特倒在血泊中。持槍的喬和壯漢背對我站著。

一臉蒼白的美央、凱勒和老爸在另一側牆邊。老爸的額頭有一個大傷口，流著血，可能有人對他動粗。

啪滋。左側傳來聲響，我立刻回頭一看。

在船艙通往船尾通道的出入口，我看到一名壯漢出現在船舷，他不小心踩到了玻璃碎片。

壯漢二號看到我趴在駕駛艙的外壁上，不禁瞪大了眼睛，立刻舉起烏茲衝鋒槍。

我毫不猶豫地扣下手槍扳機，手腕感受到一股反擊力。壯漢往後一仰，彈了出去。我不知道打中了他哪裡。

在駕駛艙內，喬和壯漢一號正回頭看著我。美央瞠目結舌，似乎難以置信。

我跳上了駕駛艙的艙頂。槍聲響起，子彈從駕駛艙飛了出來，打碎了剩餘的玻璃。

我爬在有弧度的艙頂上，隨著陣陣清脆的聲響，子彈也從艙頂下方冒了出來。

我跳到另一側船舷時，老爸剛好趴在玻璃掉光的窗前。

「阿隆！」

「給你。」

我把槍丟給老爸，老爸以右手接住槍，槍身在他手中旋轉了一下。當老爸漂亮地轉身時，正好擊中了準備將槍口從天花板移下來的喬和壯漢一號。動作之快，兩次槍聲聽起來只有一次。

喬和壯漢一號的身體撞在牆上，壯漢一號顫抖著，想要站起來，老爸把剩下的子彈統統送進了他的胸膛。壯漢的背撞破了駕駛艙的窗框，越過船舷的扶手後，頭朝下掉進了海裡。

我們比預定時間晚了將近三個小時，下午三點多才抵達那摩港。

壯漢一號死了，壯漢二號和喬的肩膀及大腿分別受了重傷。哈密特被喬割喉而死。

「先去醫院。」

一坐上前來迎接的車子，老爸說道。凱勒強忍著悲傷，和哈密特的遺體一起留在遊艇上等候。

「雖然我很不願意帶他們就醫，但留下活口可以揭露榮恩的惡行。公主，妳認為如何？」

「冴木先生，你說得對。——把他們送去皇家醫院。」

美央用英語命令司機。

「皇家醫院——妳父王住的醫院。」

車子離開港口時，老爸說。

美央點點頭。

「對，我希望你們見一個人。」

老爸瞥了我一眼。美央細說原委的時間終於到了。

皇家醫院位在距離皇宮不遠處、高樓林立的街區一角，車子駛入大門，美央一下車，醫院櫃檯及所有人都驚訝地站了起來。

雖然一般民眾並不知道公主失蹤，但公主這樣突然現身，應該也是前所未有的。

美央命令櫃檯找來警備員，警備員立刻趕來，恭敬地站在美央面前。美央把喬和二號壯漢交給他。兩人都因為受傷，囂張氣焰盡失。

美央用萊依爾語吩咐後，醫生出現了，和警備員一起把兩人帶走了。

「妳對他們說什麼？」

「我說他們想暗殺我，必須嚴密監視，全力照顧。」

「妳的處置很明智。」

老爸說道。

美央催促我們搭電梯，她按下最頂樓的按鈕。

「去哪裡？」

「院長室。」

走出電梯，我們走進可俯瞰皇宮庭院的豪華院長室。院長似乎已經接獲通知，一位六十過半，身穿白袍的老人在那裡等候。

「這兩位不會說萊依爾語，請你說英語。」

美央告訴院長，對方伸出了手。

「歡迎你們來到皇家醫院，我是院長拉烏莫特。」

握手之後，美央看著拉烏莫特。

「可以會面嗎？」

拉烏莫特點點頭。

「剛才就已經在隔壁的會客室等妳了。」

美央靜靜地吸了一口氣。

「好，院長，請你在這裡等候。」

「是。」

拉烏莫特鞠了躬。

美央看了我們一眼，敲了敲通往隔壁房間的門。

「請進。」

裡面傳來英語的回應。美央進去後，從內側把門關上了。

幾分鐘過去了。

終於，美央打開門，跪著單膝說：

「冴木先生，請進。由我為你們介紹我的父王查莫德三世。」

4

寬敞的會客室內放著巨大的皮革沙發，一個身穿絲質西裝的老人坐在那裡。一頭白髮往後梳，下巴蓄鬍，體形高大雖然有點瘦，但看起來不像病人。

他挺直身體，用夾雜著威嚴和溫柔的眼神看著我們。

「冴木先生，歡迎。」

老人以渾厚的嗓音說著，起身伸出右手。我搞不清楚怎麼回事，只能跟著老爸握住了他的手。他的手很乾爽、溫暖。

「國王陛下，請原諒我們服裝不整來見您。」

老爸說道。查莫德三世緩緩搖頭。

美央仍然跪在我們身後。

「美央，起身吧。」

查莫德三世說道。美央抬起頭，我發現她的雙眼充滿了淚水。

「女兒美央給你們添了麻煩。」

「不……」老爸搖搖頭，然後語帶遲疑地說：「聽說您龍體有恙——」

查莫德三世微微點頭。

「對，但病情並沒有公布的那麼嚴重。我得了癌症，但身體還很硬朗，現代醫學多少延緩了我的生命。」

「可以請教您一件事嗎？」

聽到老爸的問題，查莫德三世點點頭。

「我知道，你想問我並沒有病入膏肓，為何公布這樣的消息吧？」

「對。」

查莫德三世揮了揮手，示意我們坐下。然後，輕輕咳了一下娓娓道來。

「我在兩個月前發現了有癌細胞，當時，我和多年老友，也是我的主治醫生拉烏莫特院長發生了爭執。拉烏莫特院長充分了解我的立場，他反對我公布罹癌的消息，他擔心會造成國家政局動盪。我問他，我還能活多久，他始終不願意回答，最後我用國王的身分命令他告訴我。」

查莫德三世靜靜地環視我、老爸和美央。

「他告訴我，只剩下半年。或許有一些誤差，但半年後，我就會離開人世。」

「……」

「一般人可能會怨嘆自己不幸，不久就心灰意冷地接受，面對死亡。但是，我沒有這種閒工夫，必須思考一旦離開後，這個國家日後的命運。」

「您是指繼承人的問題。」

「沒錯，目前有五個人可以繼承王位，都是我的女兒。我很煩惱，到底要指名誰。我疼愛每一個女兒，如果因為我的去世造成她們互相爭權奪利，那實在太悲哀了。為了避免這種情況發生，我最擔心的是妻女周遭人的動向。他們可能想藉由自己支持的公主即位來擴張自己的勢力，在特殊情況下，就需要用特殊的手段——我是這麼想的。」

他的想法完全正確。

「我希望這是杞人憂天，但還是想出一個方法。冴木先生，你應該猜到了，就是我把女兒丟到這些渴望擁權的野獸面前，看清楚到底誰會撲上去。」

美央是誘餌。她來日本，被人追殺都是為了誘騙榮恩和卡旺的陰謀曝光的戰術。

「我知道這會危及美央的生命，即使如此，我還是決心在死前鏟除這些為非作歹的野獸。」

「所以，日本政府沒有派護衛是因為——」

「我透過非正式管道要求日方配合，如果獵物在堅固的籠子裡，野獸不可能撲上去。」

「這……」

我回頭看著美央。

「妳之前就知道了嗎？」

美央點點頭。

「只有我和席琴太太知道，我媽也不知道……」

「——雖然是陷阱，但萬一美央有什麼三長兩短，華子絕對不會原諒我。為此，就需要優秀的保鑣。」

「您沒想過公主所面臨的危險嗎？」

我忍不住脫口問道。這未免太超過了。

「我當然想過這個問題。當我告訴美央這個計畫時，還跟她說，如果她不願意，就中止這個計畫，我也告訴她，我不會讓其他公主去執行這個計畫。不過，美央願意為了國家主動冒這個危險。——為了避免誤會，我要澄清一件事，我並沒有向公主提起，只要她答應這個任務，我就會指名她作為我的接班人。我只是想鏟除那些野獸，絕不願意讓她們姊妹的感情受到影響。所以，美央並不是因為想當女王才去日本。」

我用力吸了一口氣。原來，美央提出延長在日滯留時間，老爸所想到的就是這件事。美央藉由延長日期，增加自己成為敵人目標的時間，也就是增加殺手的機會。所以，美央為了留學前往日本只是藉口而已，她以後再也不會去日本了。

「——卡瑪爾教的信徒帶走美央這件事出乎我的意料，但美央在叢林的寺院時，帶給我口信。她說只要待在卡瑪爾教的寺院內，就不必擔心她的安危……」

榮恩和卡旺當天就遭到逮捕。國民看到據說已經陷入昏迷狀態的國王突然精神抖擻（表面上）地召開記者會，無不感到驚訝和欣喜。

國王查莫德三世在記者會上宣布解散內閣，軍隊首腦也立刻遭到撤職。

那摩機場陽光普照，和我們數天前來這裡時一樣。唯一的不同，就是機場大廳分成了兩大區域，美央、華子王妃、席琴太太、保鑣，還有我們父子在其中一個區域，記者、攝影師、圍觀民眾和一般旅客擠滿了另一個區域。

十分鐘後，我和老爸返日的班機就要開始登機了。

美央身穿一襲白色麻質洋裝，頭髮上插著「阿尤利亞」。每次看到她的身影，我就感到喘不過氣，努力克制自己不要一直盯著她。

喉嚨發乾，我拚命吞口水。

老爸和華子王妃被鎂光燈包圍時，美央突然離開人群，走到我身旁。

「阿隆……」

美央露出似哭似笑的表情。

現在正是時候。我下定決心，從口袋裡拿出在叢林時也不離身的布袋。美央突然抓住我的手。

「阿隆，在遊艇遭到攻擊時，我以為你死了，覺得自己也活不下去了──我難過得幾乎心碎了。我騙了你和冴木先生，你們卻不惜冒著生命危險保護我──」

我推開美央的手，把食指放在她的嘴唇上。

「別再說了。」

「阿隆，我不會忘記在東京的河堤吃霜淇淋、在迪斯可跳舞的回憶……，還有你好幾次不顧危險來救我……」

「美央，美央——」

美央瞪大了眼睛，我輕輕把珍珠胸針放在她柔軟的掌心。

「我一直想給妳，但妳當上女王後，應該會有很多價值連城的珠寶……」

美央的眼中滑下大滴淚水，突然抱住了我。攝影師蜂擁而至，然而，美央毫不在意地用手環繞著我的脖頸。

「阿隆——」

我和美央的嘴唇碰在一起。那是一個帶著淚水味道的吻。

無數鎂光燈幾乎讓人睜不開眼睛。

又過了四個月，萊依爾國王查莫德三世在全國人民的守護下，在皇宮內平靜地離開了人世。

根據他的遺囑選出了新女王。日本電視台也轉播了新女王的加冕儀式。

穿著豪華斗篷、戴著皇冠的萊依爾新女王，胸前那只不太相襯的珍珠胸針正閃閃發亮。

——（全文完）

解說

結合時勢與純愛的冷硬派長篇／蕭浩生

冴木父子奉命保護來到日本的東南亞島國公主，卻遇到各路人馬的暗殺狙擊，就在歸國前夕公主遭不明人士綁架，父子兩人只好（初次）遠赴海外辦案，查明隱藏在事件背後的真相。

本書出版時的一九九〇年代初期，日本和世界都發生了大幅度的變化。首先，自第二次世界大戰結束後形成的美蘇對峙局面，隨著冷戰結束和蘇聯解體，美國在世紀末重拾全球霸主地位。

從冷戰終結後的蘇聯解體看全球局勢

一九一七年十一月七日，俄國「十月革命」後成立了「蘇維埃社會主義共和國聯邦」（USSR，簡稱蘇聯），可說是二十世紀疆域最大的政治體，成員包含十五個加盟共和國，其中的核心是俄羅斯（蘇維埃聯邦社會主義共和國），直接統治蘇聯四分之三的面積和半數人口，其餘的共和國則是在半推半就的情況下陸續加入聯邦，這個美國人口中的「邪惡帝國」，最後不是被外力擊潰，而是從內部日漸瓦解。一九八八年三月，蘇聯總書記戈巴契夫表明放棄「布里茲涅夫主義」（用武力干涉東歐內政），使得羅馬尼亞、匈牙利、捷克、波蘭等衛星國家的民主化運動順利發展，由於「東方陣營」的國家相繼瓦解，使得歐洲東西對峙的冷戰局勢因此消解，於是一九八九年十二月，蘇聯戈巴契夫和美國總統布希在地中海的馬爾他島會談結束後，共同發表了「冷戰終結」宣言，代表維持四十多年的冷戰時代已成過去，而作為冷戰象徵的柏林圍牆也在同年倒塌，一九九〇年分裂四十五年的東西德完成統一。

從一九八八年開始，亞美尼亞和亞塞拜然兩個共和國之間因為領土問題爆發衝突，而喬治亞和摩多瓦的內部則相繼爆發民族衝突，一九九〇年三月波羅的海三國中的立陶宛宣布脫離蘇聯獨立，接著愛沙尼亞、拉脫維亞也跟進，蘇聯總書記戈巴契夫為了讓聯邦架構繼續維持下去，試著將部分聯邦權限下放給各加盟共和國，持續惡化的經濟狀況也使他不得不如此。一九九一年三月，各國的公民投票表決「是否要維持聯邦」，前述六國（亞塞拜然除外）杯葛投票，剩下的九國當中仍有七成選票支持聯邦制，因此戈巴契夫便集合九國元首重新締約成立「蘇維埃共和國聯邦」，同年六月他贏得俄羅斯總統大選，激進改革派的葉爾辛則成為最高議會議長。然而，不到兩個月後卻爆發了震驚全球的「八月政變」，部分蘇共中央委員和軍方將領不甘聯邦權力削減，軟禁了正在黑海度假的戈巴契夫，開進首都莫斯科的軍隊甚至砲擊國會大廈，這場政變因為世界各國不承認而宣告失敗，之後政變相關人士遭到逮捕，蘇聯共產黨的活動也被禁止，政治實權則轉移到由各共和國元首組成的「國家評議會」。當年十二月，俄羅斯、烏克蘭、白俄羅斯三國在白俄羅斯的首都明斯克成立「獨立國家國協」（CIS，簡稱獨立國協或獨聯），除了已經獨立的喬治亞和波羅的海三國，其餘十一國陸續加入並同意讓蘇聯解體的決議，一九九一年十二月二十六日，戈巴契夫在宣布決議後也辭去總統職位，長達七十四年歷史的蘇聯正式劃下句點。

蘇聯解體後，很多人以為西方戰勝了東方、美國打垮了蘇聯、資本主義擊敗了共產主義，但是蘇聯（俄羅斯）領導人既沒有像二戰後德國的納粹高層那樣接受審判，本身領土也保持完整，甚至連軍事力量（包括核武和戰略飛彈）都沒有被解除武裝，實在不像個「戰敗國」該有的樣子，只能說在長期對抗的過程中，內外交困的蘇聯國力消耗過度，所以宣布自己要退出比賽，即使名聲和國力受損，但是已經把損害降到最低。而以美國為首的西方資本主義國家，並沒有因為蘇聯解體就一帆風順，事實證明它們的制度並沒有想像中的那麼優秀，過去這二十年也遭遇了許多問題，尤其是種族文化的衝突（例如二〇〇一年的九一一事件）和經濟生活上的打擊（例如二〇〇九年的金融危機），都讓當初的樂觀預期落了空。

平成取代昭和，日本經濟榮景不再

其次，亞洲的日本也發生許多重大變化。一九八〇年代末期是日本戰後最繁榮的時刻，美國哈佛大學教授傅高義的《日本第一》便盛讚當時日本工業化社會的成就，而一九八九年一月裕仁天皇的病逝則象徵「昭和高度成長期」的結束（本書中的六一、六三即指昭和年號）。皇太子明仁繼位後將年號從昭和六十四年改為平成元年，之後曾出現將近一年的「平成景氣」，讓日經指數在同年十二月達到史上最高的三萬八千九百一十五點，過度炒作的股市在一年後便暴跌三分之一，連帶使得過度炒作的房地產價格暴跌，銀行又因為持有大量的房地產和股票抵押物件，導致無法回收借款產生大筆金融呆帳，虛假的「泡沫經濟」從此宣告瓦解，日本經濟也開始進入持續至今的「平成蕭條」，即使仍然維持世界第二大經濟體的地位，但日本經濟卻再也無法回到二十年前的榮景。

於是，一九八〇年代「日本第一」的優越感和「明天比今天更好」的期望，逐漸隨著經濟不景氣而減弱甚至消失，取而代之的是對現實的失望和無力感，還有失業率和犯罪率的節節上升，經濟成長率和人口出生率也逐年下降，通貨膨脹變成通貨緊縮，貧富差距日漸擴大，而無能的政府、腐敗的政黨和僵化的官僚體系更讓日本人民心懷不滿，自從一九九三年一黨獨大的自民黨被多黨聯合政權取代後，十七年來竟然換了十一位首相，任期最短的甚至只有兩個月，導致國家政策搖擺不定，政治改革也大多淪為口號，即使借用美國總統歐巴馬的競選口號「CHANGE」，連知名偶像木村拓哉都演了電視劇「CHANGE」，但是二〇〇九年成立的民主黨政權，短時間內可能還是無法讓積弊叢生的日本「改變」。

東南亞位於中國和印度兩個大國之間，各地有不同的政治和文化差異，再加上島嶼眾多且分散，因此這個區域至今沒有出現過能控制全境的統一政權，在歐美列強殖民期間民族主義逐漸醞釀，並於二次大戰後掀起獨立運動浪潮，而美蘇冷戰則使當地的局勢更為複雜。一九六七年，印尼、馬來西亞、新加坡、菲律賓、泰國等五國，為了維持區域穩定並防止共產主義擴張，在曼谷宣布成立「東南亞區域合作組織」（ASEAN，簡稱東協），總部設在印尼的雅加達。冷戰的結束讓原本對立的國家得以逐步形成共識，特別是一九九七年亞洲金融風暴，更增加患難與共的集體意識，彼此間的對立衝突也日漸和緩。現在東協成員除了創始五國外，再加上越南、寮國、柬埔寨、緬甸、汶萊等五國，形成擁有十國六億人口的區域合作組織，並且增進和中國、日本、南韓、印度、美國、澳洲、紐西蘭與歐盟的交流，從二〇一〇年開始的「東協加一（中國）」自由貿易區，更是全球人口最多的一個（將近二十億），與歐盟、北美自由貿易區鼎足而立。

在叢林裡看到成長蛻變的打工偵探

書中描述東南亞的（叢林）游擊戰，一般說來，比較適合中國、俄國這種大國，因為游擊戰需要能讓部隊來去自如的廣闊空間和複雜地形，才能逐步發展勢力慢慢取得優勢，至於狹小島國則幾乎不可能進行游擊戰。一九五九年島國古巴革命的成功是個特例，卡斯楚領導的山地游擊隊利用獨裁者的腐敗和政府軍的無能，靠著嚴格紀律和積極宣傳拉攏民心，並且逐漸積小勝為大勝，才能在短時間內奪得政權，否則游擊隊大多用恐怖手段脅迫當地居民配合（例如越共），因為民眾如果和政府軍合作，小股游擊隊很容易被優勢兵力包圍並殲滅，這也是一九六七年切格瓦拉在南美玻利維亞山區失敗的主因。

冷戰期間，蘇聯及其附庸國藉由資助和組訓游擊隊輸出共產革命，毛澤東「敵進我退、敵駐我擾、敵疲我打、敵退我追」的十六字口訣成為游擊戰的原則，這些組織通常打著「自由」、「解放」、「人民」等旗號，因此組織名稱的英文縮寫常會出現F、L、P（本書中的RLF即是一例），它們也許未必理解這些口號的真正意義，但它們所造成的傷亡卻遠超過正規作戰，而且不管成敗與否都是美蘇兩國「代理人戰爭」中的一環，即使在冷戰結束的今天，當時成立的游擊隊仍然在許多國家持續進行內戰，美國的M16槍族和蘇聯的AK47槍族則以另一種形式繼續著代理人戰爭。

在本集中，阿隆成為高三生，開始要面對升學和就業的人生選擇題。開頭提到他想念的「六所大學」起初是指加入「東京六大學棒球聯盟」的六所大學，一九〇三年發源於早稻田大學和慶應大學的棒球社比賽（早慶戰），三年後因為雙方加油隊伍的行為過於激烈而中止，一九一四年明治大學加入後開始三校聯盟比賽，之後法政大學（一九一七年）、立教大學（一九二一年）、東京大學（一九二五年）陸續加入，「早慶戰」才重新開打，「東京六大學棒球聯盟」成立次年（一九二六年）「明治神宮球場」完工，以後便成為聯盟專用比賽場地。隨著棒球運動在日本逐漸普及，這個歷史悠久的對抗賽也受到普遍關注，在一九四八年日本職棒聯盟成立之前，說到「棒球」就會讓人聯想到「六大學」，這也讓「東京六大學」成為類似美國「長春藤聯盟」的名校代名詞。如今，六校之間除了每年秋天的棒球比賽之外，還有網球、游泳、田徑等項目的競賽，學生的校外交流比學校的學術交流更頻繁，至於「用納稅人血汗錢經營的學校」是哪一所大學，應該就不必多說了。

《女王陛下的打工偵探》是「打工偵探」系列的第一部長篇作品，和之前篇幅有限的短篇相比，細節描寫得更加詳盡，讀起來也更有臨場感。看過前兩集的讀者，在第三集中可以看到主角阿隆的成長和變化，他逐漸擺脫高中生衝動生澀的形象，在危急時刻也能讓自己冷靜下來做出正確判斷，身手也變得更加俐落，前兩集中登場的美女家教麻里姐和太妹搭檔康子這集都沒出現，為了專心描寫他和公主的戀情發展這也是不得已的事，而兩人的純愛故事當然也是值得注意的地方。前半段在日本時，仍有許多短篇常見的搞笑橋段，等到後半段到了萊依爾，更多的是像《新宿鮫》一樣的正統冷硬派推理風格，與熟悉的日本東京相比，陌生的萊依爾叢林所具有的懸疑氣氛，還有書中不斷有角色死亡，看著看著也跟著緊張起來。本集除了動作、冒險、推理等系列常見的元素外，還包含宗教、政治等層面所交織出來的複雜劇情，讓人想一口氣讀完才肯罷休，這也是長篇小說的魅力所在吧！

本文作者簡介

蕭浩生／曾任《挑戰者》月刊編輯，現為自由撰稿者。

國家圖書館出版品預行編目資料

女王陛下的打工偵探／大澤在昌 著／王蘊潔
譯；.--.初版. ─ 臺北市；獨步文化：家庭傳媒
城邦分公司發行, 2010〔民99〕
面；　公分.（大澤在昌作品集：03）
譯自：女王陛下のアルバイト探偵
ISBN 978-986-6562-50-1

861.57　　　　　　　　　　99000531

ISBN 978-986-6562-50-1
城邦讀書花園
www.cite.com.tw

大澤在昌 作品集03

女王陛下的打工偵探

原著書名／女王陛下のアルバイト探偵
原出版社／講談社
作者／大澤在昌
翻譯／王蘊潔
選書人／陳蕙慧
責任編輯／王曉瑩

版權部／王淑儀
行銷業務部／尹子麟
總經理／陳蕙慧
榮譽社長／詹宏志
發行人／凃玉雲
出版者／獨步文化
城邦文化事業股份有限公司
地址：104台北市中山區民生東路二段141號5樓
電話：(02) 2500-7696
傳真：(02)2500-1967
發行／英屬蓋曼群島商家庭傳媒股份有限公司城邦分公司
地址：104台北市中山區民生東路二段141號2樓
讀者服務專線／(02)2500-7718; 2500-7719
服務時間／週一至週五：09:30～12:00　13:30～17:00
24小時傳真服務／(02)2500-1990; 2500-1991
讀者服務信箱／service@readingclub.com.tw
劃撥帳號／19863813　戶名／書虫股份有限公司
總經銷／大和書報圖書股份有限公司
電話：(02)8990-2588；8990-2568
傳真：(02)2290-1658；2290-1628
香港發行所／城邦（香港）出版集團有限公司
地址：香港灣仔駱克道193號東超商業中心1樓
電話：(852) 2508-6231　傳真：(852) 2578-9337
E-mail／hkcite@biznetvigator.com
馬新發行所／城邦（馬新）出版集團
【Cite (M) Sdn. Bhd. (458372 U)】
地址：11, Jalan 30D/146, Desa Tasik, Sungai Besi,
57000 Kuala Lumpur, Malaysia
電話：(603) 9056 3833　傳真：(603) 9056-2833

封面繪圖／SALLY
美術設計／戴翊庭
印刷／鴻霖印刷傳媒股份有限公司
排版／浩瀚電腦排版股份有限公司
□2010年（民99）03月初版
定價／300元　　　　Printed in Taiwan

廣　告　回　函
北區郵政管理登記證
台北廣字第000791號
郵資已付，免貼郵票

104台北市民生東路二段 141 號 2 樓

英屬蓋曼群島商家庭傳媒股份有限公司

城邦分公司

請沿虛線對摺，謝謝！

書號：1UM003	**書名**：女王陛下的打工偵探	**編碼**：

讀者回函卡

謝謝您購買我們出版的書籍！
請費心填寫此回函卡，我們將不定期寄上城邦集團最新的出版訊息。

姓名：＿＿＿＿＿＿＿＿　性別：□男　□女

生日：西元＿＿＿＿年＿＿＿＿月＿＿＿＿日

地址：＿＿＿＿＿＿＿＿＿＿＿＿＿＿＿＿

聯絡電話：＿＿＿＿＿＿＿＿　傳真：＿＿＿＿＿＿＿＿

E-mail：＿＿＿＿＿＿＿＿＿＿＿＿＿＿＿＿

學歷：□1.小學　□2.國中　□3.高中　□4.大專　□5.研究所以上

職業：□1.學生　□2.軍公教　□3.服務　□4.金融　□5.製造　□6.資訊
□7.傳播　□8.自由業　□9.農漁牧　□10.家管　□11.退休
□12.其他＿＿＿＿＿＿＿＿

您從何種方式得知本書消息？
□1.書店　□2.網路　□3.報紙　□4.雜誌　□5.廣播　□6.電視
□7.親友推薦　□8.其他＿＿＿＿＿＿＿＿

您通常以何種方式購書？
□1.書店　□2.網路　□3.傳真訂購　□4.郵局劃撥　□5.其他

您喜歡閱讀哪些類別的書籍？
□1.財經商業　□2.自然科學　□3.歷史　□4.法律　□5.文學
□6.休閒旅遊　□7.小說　□8.人物傳記　□9.生活、勵志　□10.其他

對我們的建議：＿＿＿＿＿＿＿＿＿＿＿＿＿＿＿＿